U0025024

大肚王國的故事

張秋鳳 著

【自序】夢想中的Camacht王國

新聞裡講述這一段話：【台中市清水中社遺址發現千年骨骸。文化局長葉樹姍表示，考古搶救發掘團隊最近進行鎮政路計畫道路試挖時，發現三具千年人骨和陶器，印證中社遺址番仔園文化資產豐富。但因為計畫道路通過，無法原址保存，市府委託中研院考古專家劉益昌團隊，以剝取法取下後，妥善保存，將來希望成立遺址博物館，好好保存台中地區出土文物。】

因為這個千年出土遺骸，讓我想起有一位歷史研究者——翁佳音教授，翁教授研究了古荷蘭文獻中發現十七世紀初來到台灣的荷蘭人在建立Porvintia城的時候，發現在大台中地區有一個非常強大而且組織非常好的部落王國，這個王國叫Camacht，那裏的人民生活在Camacht王國裡顯得非常地安定也非常的富裕，是一個極具富饒和強壯的王國。因此也引起了我的好奇心，於是我開始尋找，大台中地區的古文化遺址和古文明文獻，就這樣我不斷地摸索思考這個王國，不斷地尋找這個王國的足跡，這個過去曾經在台灣存在的Camacht王國，不僅僅在荷蘭文獻出現，也曾經在統治過台灣的日本考古文獻中出現，為了還原這個早已被台灣人及世人遺忘的Camacht王國，我開始一個人獨立思考並找尋可靠的答案來還原這個Camacht王國。

我發現這個夢幻中的Camacht王國要從大肚溪開始，一直延伸到大甲溪，大安溪。大肚溪和淡水河一樣，原來也是一個湖，環繞在大湖與大河之間的清水先民如何在這個王國裏生存，在這裡不僅僅只有清水先民，還有沙鹿先民，還有數以千計的先民在這裡生存過，夢想中的Camacht王國就在大肚湖裡慢慢地衍生出來。在這個Camacht王國裡不但靠著物產豐沛的資源生存，在敬天神，尊海神的時代裡，在大肚湖邊緣挑動著大海，行走在山林大海之間，直到有一天大湖和河流發生了變動，Camacht王國的子民在天神、海神預告中引來了許多劫難，這又是什麼劫難呢？這將會讓Camacht王國發什麼樣的不平靜變故，然而Camacht王國裡的人民又如何的靠著自己的力量生存下來對抗這些劫難和面對外來勢力的侵略。

在這兩河流域傳說中的一切，全部在我這部小說裡還原出來的。

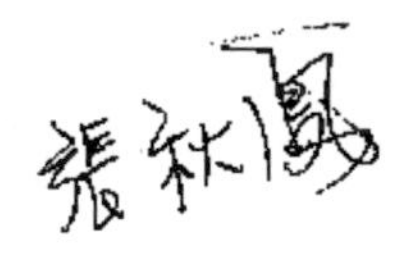

人物介紹

一、Tomel村

人物代表：Gali村落王子，Akin（好友）

二、Tannatanangh村

人物代表：Anui ，Hopa （兄妹）

三、Abouan村

人物代表：Tawo村落王子，Adawai（好友）

四、Paris村

人物代表：Siro，Ama （兄妹）

五、Gomach村

人物代表：Asilao村落王子，Taro（好友）

六、Dosach村

人物代表：Amui村落王子，Pahar（好友）

七、Kakar村

人物代表：Abok，Kuruten（好友），Saiyun（Saiyun與Abok為兄妹）

八、Baberiang村

人物代表：Daha，Moi（為姊妹）

九、Babosacq村

人物代表：Mahario、Rakusal（為姊弟）

十、Salack村

人物代表：Tarabate，Api（為兄妹）

十一、Bodor村

人物代表：Terraboe、Hoha、Smigal（為姊妹）

十二、Dorida村

人物代表：Aslamie村落王子（為Camacht王）、Tull、Tabawan （為三兄妹）

十三、Tavocol村

人物代表：Abuk村落王子、Amo、Aubun（Aubun與Amo為兄妹）

十四、Assocq村

人物代表：Ashin、Apo、Amatat （Ashin與Amatat為兄妹）

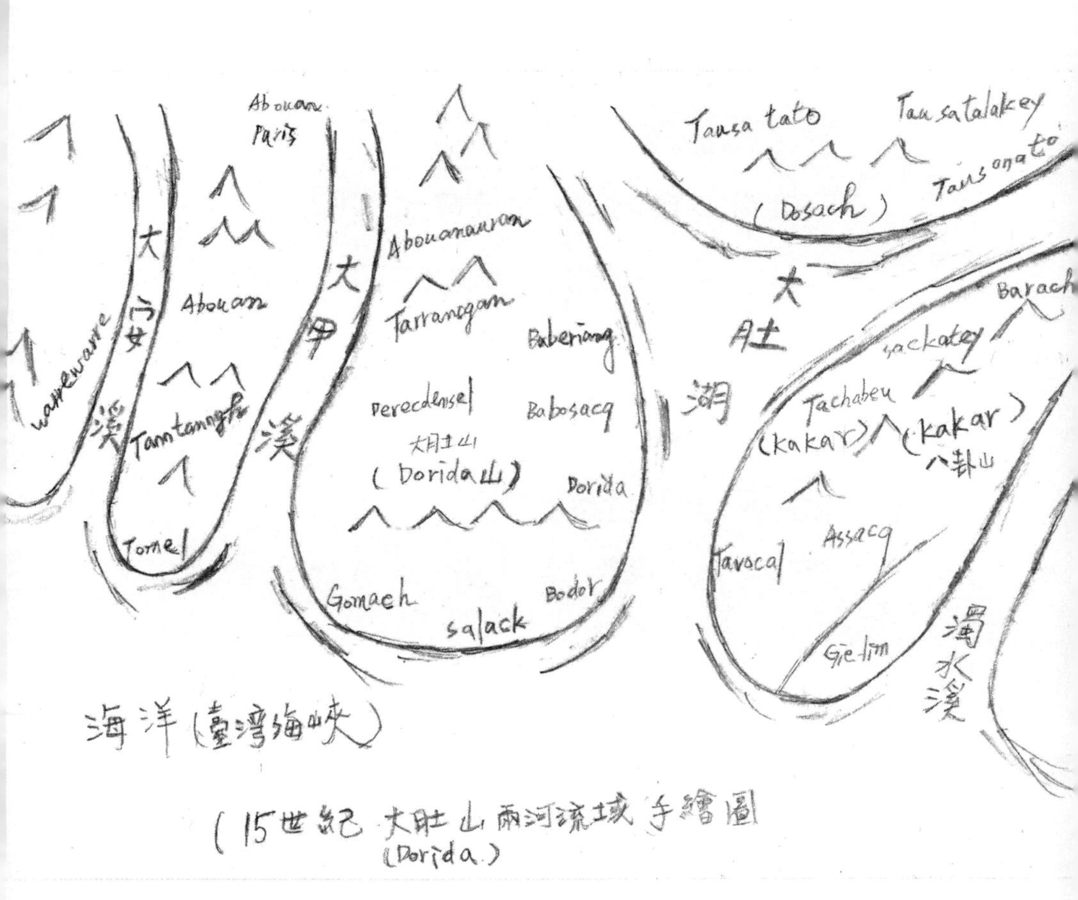
Abouan Paris
大安溪
Abouan
Tornel
大甲溪
Abouanauran
Baberiang
Babosacq
大肚山
(Dorida山)
Dorida
Gomach
salack
Bodor
Tausa tato
Tau satalakey
Tausonato
(Dosach)
大肚湖
Barach
sackatey
Tachabeu
(kakar)
(kakar)
八卦山
Assacq
Tavocal
Gielim
濁水溪
海洋(臺灣海峽)
(15世紀 大肚山兩河流域手繪圖
(Dorida)

【自序】夢想中的Camacht王國　003

人物介紹　005
第一部　大甲溪畔的風雲　009
第二部　大肚湖畔的變動　049
第三部　大地之王誕生　091
第四部　海上風雲　179

第一部

大甲溪畔的風雲

山坡上幾株被風吹落的葉片，在野鹿的覓食中折彎了枝椏，奔跑的野鹿，山豬和熊不時地穿過這片荒草山坡，在延綿不絕的森林，Gali王子將自己的弓箭拉緊，向遠方一射，奔跑中的野鹿中箭倒地，「你果然是村裡的第一射手。」Akin說。「是嗎？其實還有很多，我不知道的對手。」Gali王子收起弓箭說。「要說這Tomel村的勇士最強的莫過於你了。」Akin說。Akin協助Gali王子將鹿綑綁起來，兩個人準備回到Tomel村時，在荒草坡地上有微微的風吹拂而來，颯颯風聲帶著一股顫慄的心，「這風吹得很奇怪。」Akin說。「海上吹來的，大概在海上又有風暴要來了，快走，很快就會下雨了，就不好走了。」Gali王子說。果然，這一陣從海上飄來的強陣大風，很快地帶來了一陣大雨，Gali王子在Tannatananghr村做短暫休息，村民看見Gali王子手上的鹿，不禁喜而讚之，村民都說Gali王子不愧為村落王子，在Tomel村和Tannatanangh村即將舉行慶典的勇士選拔中，Gali王子是勇士們想要挑戰的夢幻對手，Gali王子的對手是來自其Tannatanangh村的Anui，Anui也是村落裡一位非常厲害的勇士，在山林裡可以連續奔跑五天不休息，在水中可以沉溺六小時不浮出水面，對於Anui這樣一個對手對Gali王子確實是一個強勁的對手，Gali王子有好幾次私下去找Anui，期待Anui能夠和自己攜手合作保護村民和家園，為了整合村落，Gali王子必須在大祭司的陪同下在祭壇上向天神致意，祈求天神同意Gali王子心中的想法，祭祀天神由大祭司透過祭壇儀式向天神表達，即將面對諸多想要成為天神勇士的人，Gali王子想出一個讓天神屬意的勇士訓練。於是勤練腳力和箭術，希望能和Gali王子一起接受天神的號召共同保護村落。勇士們有的期待是自己的表現能否吸引著村裡的女人們的注意，或者讓自己喜歡的女人注意到自己，這也是村落祭典中最大的樂趣，平時對自己欣賞的女人不敢表現，藉著村落祭典讓愛情升溫的勇士多的不在話下。Gali王子深知自己的決定將影響村落未來的發展，感覺到有些不安，「Akin，村落王子的責任是要保護村民、保護村落，我擔心自己的能力不足。」Gali王子說。「怎麼會？」Akin說。「如果Anui能夠幫助我該多好，不知Anui會用什麼方式保護村民。」Gali王子說。「這簡單啊，聽說Anui每次打獵完都會到河邊看海，有空我們一起去找他問問不就好了。」Akin說。「真的？」Gali王子說。大雨洗淨了Tomel村和Tannatanangh村，原本瀰漫荒草坡上的烏雲漸漸散去，天空露出泛白，金黃色的光芒直落在海上的邊緣，「好美喲。」Gali王子說。「是啊，很美。」Hopa從旁邊冒出這句話。Gali王子和Akin傻楞楞地看著她，「妳是誰？怎麼會在這？」Akin說。Hopa笑笑地看著遠方大海，又轉向山坡下的河流，「在這個Tannatanangh村是我住的地方，我叫Hopa。」Hopa露出淺淺笑容說。臉頰被陽光照得發亮，Gali王子看著她，心為之一震，「我是Gali王子，他是Akin，很高興見到妳。」Gali王子說。當Hopa想說話的時候卻被喚住了，「Hopa，妳又躲在哪裡了？」一個略比Gali王子黝黑的勇士出現說出這句話。Hopa轉頭看著他，「哥，我在這。」Hopa說。Anui背著弓箭出現在Gali王子的眼前，Gali王子面對Anui有一種莫名的情愫湧上，「你好，我是Gali王

子，你是…。」Gali王子的話沒有說完被Anui打斷，Anui接著說：「Gali王子嗎？Tomel村的村落王子，誰不知道啊？」Anui仰頭長嘆一聲之後看著Gali王子繼續說：「果然氣宇非凡，作風不一樣，我叫Anui，住Tannatanangh村，她是我的妹妹。」Anui向Gali王子表明自己的身分。「Anui就是你啊，我是Akin，果然是一個好勇士，連介紹都很不一樣。」Akin說。Gali王子沒有說話，靜靜地看著Anui，Gali王子很想和Anui成為好朋友，「Tannatanangh村第一勇士，慕名許久，今日一見，果然名不虛傳。」Gali王子說。「是嗎？很多村民都把這次慶典當成跟隨王子，保護村落的技能比賽。」Anui說。「這樣有什麼不好嗎？」Gali王子有些無奈地說。「我不想參加比賽，保護村落我只想用我自己的方式來保護自己的家園，保護村民而已。」Anui望著天際遠處說。「那你…。」Gali王子想說又止住了。「不過，放心啦，在慶典中所有的比賽我會盡力和你較量，你是村落王子，我是不會讓自己輕易放水的。」Anui看著Gali王子說。Gali王子看著Anui些許時間，「那你會幫我嗎？在慶典結束過後保護村落的安全，你會成為我最好的朋友嗎？」Gali王子看著Anui說。Anui看著Gali王子，又看著天際，沒有回答，「你會和我一起守護家園和村落嗎？」Gali王子又再問一次。「哥哥。」Hopa急了叫了Anui一聲。Anui看了Hopa一眼，然後對Gali王子說：「那要看你的誠意和真心。」Gali王子點點頭並露出笑容，期待Anui能成為好朋友，一起守護家園。Gali王子和Akin沿著荒草坡回到Tomel村，Anui也和Hopa回到山坡下的

Tannatanangh村，從天際照下來的陽光正在和海底美麗的珊瑚構成一幅亮麗的色彩畫。

坐在海岸礁岩上的Gali王子和Akin看著起伏不定的大海，海水衝撞著舢舨船，推撞著礁岩，從這裡的海岸可以自由的來回游蕩，穿過這片大海，爬過這片山坡，有兩條大河流圍繞著Tomel村，天邊泛紅的色彩照映在亮麗的海面上，海水夾著浪紋推上礁岩，泛紅、泛白、泛綠、泛橙色彩就像海面下珊瑚的世界點綴碎花的山坡感染了這一份驚奇的色彩，不時發出讚嘆聲、水蛙聲、鳥鳴、熊吼、鹿鳴等交奏著，悠然地從森林裡透著天際的傳聲筒到海面上發出激吼。Gali王子面露出一股不安的心，「你怎麼了？」Akin看著他憂慮的臉說。「從小我們就是最好的朋友。」Gali王子說。「你擔心祭典的事？」Akin說。「不是，你看這片海水的顏色似乎有些走樣了。」Gali王子看著海面上說。「海水？」Akin狐疑了一下。「你有沒有聽說在遠方大海有很多船在那裏沉沒了。」Gali王子說。「這個…。」Akin邊想邊說。Akin不時看著Gali王子，「我是有聽村民說過我們的村子出海的方向看去，很遠哪！那裏常常有一些不明物體漂流。」Akin說。「出現不明物體？」Gali王子看著Akin說。「或許是海神遭到了襲擊也不一定。」挪移了一下身子。「這一片大海常常都會有不明物體漂過來。」Akin繼續說，「是嗎？」Gali工了輕輕回　句。Gali王了可沒想的這麼簡單，大海捲起風又漂來不明物體，「你不是擔心祭典的事？」Akin說。「祭典？」Gali王子說。「是啊，Anui說會好好跟你比賽又不會搶走你村落王子的位置，意思就是要你先

打贏他再說。」Akin說。「我根本不想跟他比賽，我只想和他做朋友，我們可以一起聯手保護村落，守護家園。」Gali王子說。「他會答應嗎？」Akin說。「我會說服他。」Gali王子說。海水不斷拍打礁岩，從河流上划著舢舨船過來的Anui和Hopa看見了坐在礁岩上的Gali王子和Akin，Anui也將舢舨船靠岸，「你真悠閒啊。」Anui選了一處礁岩坐下來說。Gali王子看著Anui露出微笑，「你也是啊。」Gali王子說。「這裡的海紋越來越大了。」Anui說。「是有暴風要來嗎？」Hopa說。「不知道。」Anui說。「你有沒有發現這海水顏色變了？」Gali王子說。「變色？」Hopa說。「看看這海水沒什麼改變，只是每次暴風要來，海上就會漂來一些不明物體，村民撈魚的時候，清魚網清得很辛苦。」Anui說。「你也看過不明物體？」Akin說。「嗯。」Anui輕輕回一句。「由此可見，大海裡有事發生了。」Gali王子說。「啊，對啦！我看過村民網子裡面發現刀子、盤子還有布，還有很多奇奇怪怪的杯子。」Hopa笑著說。「而且還不是我們村裡的東西。」Anui說。「這我倒有看過，在Tomel村有人拿著長長像箭一樣的刀子，木頭棍上鑲著尖尖的刀子。」Akin說。Gali王子始終沉默沒有說話，「你怎麼了？」Anui看著靜默的Gali王子說。「海上有不明物體漂過來，表示在我們這個大海的遠方有人經過，而且很遠很遠，因為躲不過海流而喪命在海底。」Gali王子說。「那又如何？」Akin說。「如果被發現這裡，我們就會被侵略和殺害，所以我們村落要聯合起來，聯合其他的村落保護這裡，這樣才安全。」Gali王子說。「你怎麼知道有人會過來殺害我們。」Anui說。「從那些不明物體中有刀之類的東西，那是武器。」Gali王子說。Anui聽完Gali王子的話沒有回應，靜靜地看著大海和Gali王子，在Anui心裡想著Gali王子果然是村落王子，想的比別人多，統治村落除了武力，還要有超人的智慧，Gali王子能不能聯合其他村落成為一個村落共主保護家園，要看Gali王子的個人魅力和智慧了。海上的風越來越大了，Hopa打個抖擻，Anui看著Hopa，「冷喔。」Anui說。「嗯。」Hopa點點頭說。「回家吧！」Anui說。Gali王子把自己身上的一件披風給Hopa披上，「回到村子在還給我。」Gali王子說。Gali王子的貼心溫暖了Hopa的心，情愫在心裡慢慢滋長。

延綿數千里的山脈，天空裡的白雲纏綿在山頂，山腳下的河流潺潺流動著，從何時開始這一片山綠雲白河清的神仙日子在河流與大海之間漂來了許多不明物體中引發了在這山林中群居的人們像睡夢中驚醒一般，在山林中奔跑的山豹與野豬不時感受到地底的震動，天空裡降下的金黃亮麗的光芒時而被山頂上的烏雲蓋住。踩著山坡路追逐野獸的足跡，Adawai背著箭筒，腰繫著短刀，準備在山林中有所收穫，在Abouan村裡Adawai是一個勇猛的長跑勇士，時常帶著村裡勇猛的青年所組成的一支巡守隊協助村民在山林裡迷失時得到救援，受到野獸攻擊時有了保護，被其他村落欺凌也能獲得保障。Adawai沿著河岸走，樹叢裡水蛙，蟲鳴，鳥影紛飛，蝶影蜂群，微微的風從河裡吹過山壁憾動樹枝，又從山坡吹向河面，輕輕撫弄著河面，河水立刻掀起了波紋向這一陣風大聲抗議著。在Abouan村裡住著一位很英勇的村落王子叫Tawo王子，Tawo王子划著

舢舨船靠在河岸邊，「耶！什麼風把我們的王子吹過來。」Adawai揶揄地說。Tawo王子放下划槳，整理腰際上的長刀，「想到處看一看有沒有什麼事發生？」Tawo王子說。「應該還好吧。」Adawai說。Tawo王子和Adawai並肩坐在河岸石塊上，河面被風吹起的水紋也漸漸撫平，山壁上依然掛著風吹過的痕跡，樹枝不斷地低頭和山坡上的荒草打招呼，飛過的粉蝶不停地圍繞著荒草裡的小碎花，花叢裡泛紫、泛白、泛紅、泛橙、泛黃的多樣色彩在山坡上點綴了平淡的荒草菁，趁著天空裡灑下一道金黃光芒，絢爛之間像七彩的虹橋掛在山坡上，河面倒映著這樣的色彩。陽光照著Adawai和Tawo王子的臉，勇士們的害怕被陽光曬走了，留下堅毅的勇氣在眼神與臉頰之中。「最近有看見Siro嗎？他在忙什麼？」Tawo王子出奇不意地說。「這…。」Adawai有說不出來的感受。「Siro還在為上次比賽的事生氣嗎？我不是故意要輸給他的。」Tawo王子說。「就是因為這樣他才生氣。」Adawai說。「咦？」Tawo王子輕嘆一句。「他說你沒有把他當朋友，如果是好朋友就不該讓他這麼沒面子。」Adawai說。「我一直都把你們當成是我最好的朋友。」Tawo說。「既然這樣，那為什麼要輸？」Adawai說。「好朋友不該是用來打鬥的，Siro是Paris村最強的勇士，在村落裡需要像他這樣的勇士來保護村民，如果你們一直都以為我這個村落王子才是最強的，這不是很好。」Tawo王子說。「是這樣嗎？」Adawai說。「村民需要每一個村落的勇士來保護，Adawai，你跟Siro是我的分身，在我無法幫助村民的時候，就是你們現身保護村民的時候，所以，我不能打贏你們，你們跟我一樣都是英勇的村落王子。」Tawo王子說。Adawai停頓了，說不下去，Tawo王子看著河面，山林中突然傳來熊的叫聲，一群野鹿疾速奔跑過的腳步聲，「熊出現了。」Tawo王子說。「是啊。」Adawai說。「Adawai。」Tawo王子叫了Adawai一聲，兩人互看一眼，Tawo王子拿起腰際上的長刀劃開山路上的野草，Adawai拿起弓箭，兩個人在山林中尋找熊的行蹤。

市集裡擺滿了各式各樣的物品，疊疊在一起的獸皮、草藤、竹蓆，還有薯泥米飯等糧食，Ama和Siro在市集裡逛著，正在交換著剛剛從山林裡捕獵的野兔，「哥，你還在生Tawo王子的氣喔。」Ama說。Siro東張西望的看著來往的村民，「我沒生Tawo王子的氣。」Siro說。「騙人，那為什麼人家找你，你都不理他。」Ama說。「哪有。」Siro辯解著。「明明就有。」Ama說。「我知道你喜歡Tawo王子，可是妳也不能這樣說自己的哥哥啊。」Siro有點不耐煩地說。「哥…。」Ama被Siro這麼一講卻止住了口中的話。Siro心裡想著Tawo王子的話，我們是好朋友不該打鬥，你要成為我最好的左右手來保護村民，守護家園，我不可能照顧到大家，雖然我是村落王子。Siro邊走邊想著，一不小心撞到一個木條，哎了一聲。「哥，你怎麼了？」Ama看著Siro驚慌的表情說。Siro整理一下衣服，「沒事。」Siro故作輕鬆地說，不一會，Ama看見Adawai和Tawo王子走過來，Adawai驚呀地看著正在走過來的Siro，「Tawo王子，你看，是Siro。」Adawai碰了一下Tawo王子。Tawo王子往Siro方向看去，Siro迴避，轉個方向，

拉著Ama離開，Tawo王子和Adawai很快地攔住了他，「怎麼了？想躲我？」Tawo王子看著Siro說。Siro看了Tawo王子一眼，Adawai看著Tawo王子和Siro兩個人，「幹嘛啦！不過是一場比賽，有必要這樣像個陌生人？」Adawai調解的說。「是啊，一場比賽就讓你不理我，我這個村落王子，還真是個失敗的王子。」Tawo王子說完，嘆了一口氣。Siro閃動著眼神看著Tawo王子，Adawai看著Siro，Tawo王子看著Ama，似乎要Ama也勸一下Siro，當Ama準備要開口說話時，Siro對著Tawo王子說：「是啊，你是一個很失敗的村落王子，連好朋友都不知道你在想什麼？」「咦？」Adawai輕嘆一句之後，看了Tawo王子和Siro兩個人。「我想你知道我在想什麼？」Tawo王子說。「我不知道。」Siro說完，向旁邊走了幾步。此時，村裡的巡守隊勇士經過，這些勇士向Tawo王子打過招呼之後，繼續在村裡巡邏著。Siro看著Tawo王子，Tawo王子也看著Siro，Adawai碰了一下Siro，三個人都笑了出來，Ama看到這一幕也露出笑容，哥哥和Tawo王子終於和好了。市集裡的叫賣聲掩飾了四個人的歡笑聲，山林裡揚起一陣風吹向村落，風在空谷中迴響著，揮之不去，猶如熊的咆哮聲。

這條河岸風景和這片山坡野林的景色，絕妙極了。沿著河岸，駕著舢舨船來回穿梭，背著箭筒，帶著長刀在山坡地奔跑著，Tawo王子為了訓練村裡的勇士常常這樣來回數日的鍛練著勇士們的身體，在山坡上遇見了不同的村落王子，Gali王子帶著自己村裡的勇士在山上奔跑著，有的時候Gali王子和Tawo王子常常為了要測試自己村落勇士的實力展開一段不定時的比賽，Tawo王子和Gali王子看著自己的勇士賣力地將對方打倒，感到很欣慰，只是比賽結束後Tawo王子和Gali王子兩位村落王子握手言歡，互相感謝對方訓練出這麼好的勇士來激勵自己，Gali王子告訴Tawo王子說：「我們要合力保護這片山林河地，不被敵人搶走。」對於Gali王子的話，Tawo王子有些不明白，「你的意思是什麼？這片山林有異族入侵？」Tawo王子說。「在我的村子Tomel的海岸邊常常看到從大海上漂來一些不明物體，就表示說在大海上那邊有人發現了我們，隨時都會過來。」Gali王子說。「這樣喔。」Tawo王子輕輕地說出這句。一陣風從河岸邊吹過來，擺動山林中的樹叢，花鳥齊飛，洋溢著笑聲，這一幕讓所有的勇士早已分不清是花瓣還是鳥影，趁著陽光還依戀在河邊時，伴著金黃色的腳印在山坡上，Gali王子和Tawo王子各自帶著自己的勇士回到村落，沿路Tawo王子一直想著Gali王子的話，大海起了變化，山林也會被破壞，保護家園的責任更重要了。這兩位村落王子的憂心就像山林中被追殺的熊躲進了山洞，一時之間找不到出口的方向。

從大祭司的預言中發出警示，天空裡飄下大片烏鴉般的雲層，山林裡的野獸早已聞風躲起來了，Gali王子偕同Akin和一群村裡巡守隊的勇士來來回回的穿梭，在村落裡，勸導協助村民躲過這次的風暴和災難，海水不斷地拍打礁岩，激起的大浪也不時翻越礁岩沖上岸邊，雨勢下大一點，村落可能被淹沒，Gali王子要巡守隊將村民移往山上高一點的地方住，Gali王子的家也變成了村民臨時的住所，偌大的村集會所擠滿了村民，Gali王子和Akin前往Tannatanangh村巡邏，碰上了Anui，Anui

向Gali王子說明Tannatananagh村的狀況，河水因大雨急漲，不能出海捕魚了，這次村落裡發生這麼大的災難正在考驗著Gali王子的智慧，Anui繼續帶著巡守隊勇士穿梭在各村落間，Gali王子踩著山坡上的雨水，泥陷的足跡讓他忽然有了感覺，「山崩了，山下不能再住人了。」Gali王子說出這句話。「咦？什麼？」Akin輕回一句。「趕快通知Anui和所有巡守隊要將村民全部移往山上來，山下不能留下任何人。」Gali王子說。Akin看著Gali王子沒有說話，對著巡守隊交代Gali王子的話，巡守隊勇士立刻分散忙碌地離去。

另一邊，Abouan村的Tawo王子為了大雨不斷地沖刷下來的土石煩惱著，於是Tawo王子交代Adawai要迅速將遺留在河岸的村民移往高處，河水慢慢地向上升起來了，村裡的集會所聚集很多村民避難，Siro帶著巡守隊勇士在村落間穿梭，在Paris村的山坡路被崩下來的土石擋住了，Siro帶著巡守隊清理土石，希望能快快清出一條道路，協助村民躲過這次土石災難，大祭司發出警示讓Tawo王子不敢放鬆，Tawo王子和Adawai在河岸邊巡邏，有巡守隊勇士向Tawo王子說明Siro的情況，Tawo王子立刻帶著幾名巡守隊和Adawai一同前往支援。雨勢越下越大，河水越來越上升，幾乎快淹沒了山頭。面對強大的風，許多勇士的腳步站不穩了，雨水使山路打滑，突然有巡守隊員跌倒，Adawai立刻向前扶起他，「我看這場大雨不會這麼快就停了，先回集會所吧。」Adawai看著受傷的巡守隊員之後，對Tawo王子說。Tawo王子看著四周，澎湃大雨和宣洩而下的河水，「找個人送他回集會所休息，我繼續巡視村落。」Tawo王子對

Adawai說。這條山路已經被雨水沖刷下來的土石掩蓋，由於河水湍急，無法渡河繼續巡視，Tawo王子擔心山坡的落石幾乎掩蓋了村落，在Paris村附近的樹林野草地也被折斷了枝椏和淹沒了河岸，Abouan村在這次大雨中受到很嚴重的摧殘。當Tawo王子在山坡上凝神張望河岸上溢流的河水直逼而來，突然一支箭射中了旁邊的矮木，Tawo王子向矮木走去，Siro站在對岸看著他，Siro看著Tawo王子拿走箭矢看著自己留下的記號，「是Siro的箭。」Tawo王子說。Tawo看著對岸發現了Siro在矮木林看著他，Tawo王子點頭示意，直到雙方都了解，Tawo王子微笑著看著Siro。「Siro那邊還好吧？」Adawai說。「嗯。」Tawo王子說。Tawo王子揮手準備離開，繼續向山坡走去，山谷上的花花草草被大雨澆熄的如吹落的枝椏掛在樹梢上，巡視了一圈之後，Tawo王子才稍微安心的回到了Abouan村的集會所探望村民，Adawai告訴Tawo王子說有村民看見河流下游Tomel村的Gali王子帶著一批巡守隊往山上這裡來協助我們，「Gali王子嗎？」Tawo王子說。「嗯。」Adawai說。「人呢？」Tawo王子說。「知道你不在，就回去了。」Adawai說。「知道了，等這場大雨過後，再去拜訪他。」Tawo王子說。這場山林大風雨襲毀了許多村落，河岸也改變了，淹沒的地區不能再居住了，村民必須重新建立新的村落，重新建立新的村落必須召開村落會議才能行得通。漂流在河流上的土石、石塊、樹枝、瓦片，滾滾黃沙向大海流去，漂浮的河流連成大海這座山，這些村落就像被孤立的沙洲，Tawo王子在屋內向外張望著天空，Gali王子同時也感受到河流與大海的力量，保護家園和守護村民似乎也

還有另一種力量正在悄悄地從大海上漂過來。

經過漫長的雨勢摧殘，整片海岸礁岩多了更多不明物體，為了保護海底的資源，讓村民能夠順利在海上打撈，Gali王子派了村裡的勇士協助村民清理礁岩上的不明物體，在陽光的照射下，這片海岸又恢復了昔日的亮麗和活躍，Gali王子帶著Akin繼續在海岸邊巡視，在河岸邊探視村民的生活，爬過這個山坡就到Tannatanangh村，Anui和Hopa也來到河岸邊，兩人張望著大海，「想不到這次大雨下這麼久，害我都不能出來玩。」Hopa有點抱怨地說。「是嗎？」Anui說。Anui和Hopa靜默些許時間沒有說話，一直到Gali王子和Akin出現為止，「Anui，你那邊還好吧？」Gali王子打破安靜地說。「還好，沒什麼大礙。」Anui看著Gali王子說。看著陽光重新照在海面上，河面上，山坡上點點碎花帶著泛黃、泛紅、泛紫、泛綠、泛藍的光芒在天地之間形成一個畫布。當四個人沉思之際，有村民跑過來，Gali王子看著村民說：「什麼事？」村民說：「有人要找Gali王子。」「誰？」Gali王子說。「是我。」Adawai說。Gali王子看著Adawai，細細思量著，「是Tawo王子叫你來的嗎？」Gali王子說。「嗯。」Adawai說。「有什麼事？」Gali王子說。「Tawo王子知道了Gali王子在大雨期間曾經來過Abouan村，沒有見到你，所以現在要我來跟Gali王子說聲抱歉並且表達謝意。」Adawai說。「Tawo王子太客氣了。」Gali王子說。「不過，我們王子有一事相求。」Adawai說。「有事相求？什麼事？」Gali王子說。「經過這場大雨，大山上的土石鬆動，Abouan村很多地方都被淹沒了，Tawo王子經過村落會議決定將Abouan村遷移至河對岸去，村裡人手不足，想請Gali王子幫忙調派人手。」Adawai說。「這樣喔，河的對岸，那不是一片樹林？」Gali王子說。「嗯，村民在那裏重新建立新的家園，也不會被山坡土石掩埋。」Adawai說。往來在這條河上的兩岸，一邊在河岸捕撈，一邊在山上打獵，Tawo王子為村民擴展生活區域，所思甚遠，以後這片山坡地變成Tomel村和Abouan村共同的生活區塊，共享山河資源，Gali王子幫助Tawo王子遷村最大的利益是Tomel村民，Gali王子沒有理由拒絕，再說，成立跨村落和平共處是Gali王子的夢想。得到Gali王子首肯之後，Adawai告別了Gali王子，快速回到了Abouan村，把這好消息告訴Tawo王子。

得到了Gali王子的幫忙，Abouan村順利越過了河在平地上建立起新的村落，為了感謝Gali王子，Tawo王子特別設一場宴會，為了今後兩個村落村民能和平共處，相互共難，共享這條河，這座山。宴會裡Tawo王子帶著滿滿笑意和感謝向Gali王子敬意，Tawo王子舉杯，Gali王子也舉起杯子，他們的勇士Anui、Akin、Adawai、Siro也互相舉杯敬意。熱熱鬧鬧的宴會讓每一個參加宴會的村民顯露出笑容，陽光抹去大風雨的陰霾，灑下金黃色的亮粉，重新照耀著村民的生活，山坡上開著亮麗的花朵，河流上清澈的水流，樹林裡有採不完的野食，天空的雲朵忽而紅、忽而白、忽而黃，直到天幕漸漸掩蓋　層黑紗，村民才各自拿著火把回家安息。Tawo王子送走了Gali王子之後，一個人站在村落外的一處茅草屋，Siro趨步向前站在他的旁邊，「在想什麼？」Siro說。Tawo王子轉頭看他一眼，

「失去那片林地，來到這裡，我不知道對不對得起祖靈。」Tawo王子說。「你保護了全村民的性命，祖靈會原諒你的，而且也會繼續選擇相信你。」Siro說。一陣風吹過了樹梢，在竹林裡穿越而過，Tawo王子仰望天空長嘆一聲，天空裡的白雲像棉花般的潔白。「如果我讓村民遭受到不幸，我無法原諒自己。」Tawo王子說。Siro靜靜地看著這片山河景色後，看著Tawo王子也注定了他這一生和Tawo王子共生死和村民共存亡的命運，河水潺潺流著交換著山林裡的獸鳴聲，下雨了，Tawo王子和Siro進了屋子，雨聲在破竹上響著，雨水順著茅草屋頂流下，Tawo王子和Siro相對默望著。

從山坡上跳躍的鹿群與獵人們手上的弓箭形成了對比，村民不斷地在山林野地奔跑著，村落住戶的乾草、乾肉、乾魚……，用陶杯器具蒸煮著一家子的溫飽，Gali王子公告了祭典參加長跑比賽的勇士，而這些參加長跑的勇士必須和Tawo王子提供的長跑勇士作競賽，這也是兩個村落首次舉辦的長跑勇士競賽，目的是為了強化村落的整合和防守能力，這件事被Gomach村的Asilao王子知道之後，也覺得非常震驚，Asilao王子擔心村落整合會影響到Gomach村落，於是讓Gomach村的勇士Taro到Tomel村會見Gali王子，目的是想讓Gomach村的勇士也一起參加競賽，Gali王子收到Asilao王子的口信之後，也感到非常高興，Gai王子告訴Taro說：「請你回去告訴Asilao王子，聯合勇士競賽不是為了自己是為了全部的村落，保護家園，不是為了爭奪，是合作。」Taro聽了這段話沒什麼感受，Taro心想或許Asilao王子會明白吧。這條河流向大海，大海漂來不明物品，Abouan村的Tawo王子和Tomel村的Gali王子及Gomach村的Asilao王子即將在這條河的山林中聯合競賽長跑勇士，共同保護這條河，陽光正從海面上穿透過來，閃閃發亮的金粉從海面沿著海水順著河面流向河岸，又順著河岸綻放在山林之中，金黃泛白的亮麗像一道透明的水幕隱藏著令人遐思的夢幻。

清高氣爽的天氣，山頭的陽光兇猛的照在每一個村落的村民，河流飄落的葉片遮掩了清澈的河水，河面下流動的魚群正在嬉戲著，村民的舢舨船在河流上漂流，洗滌農具和衣物，孩童們在河邊洗淨身體和嬉戲，許多準備參加長跑競賽的勇士們正在村裡摩拳擦掌，在山間，在河岸鍛鍊自己的體能。Anui帶著Tannatanangh村的勇士不斷地在村內挑戰體力，Siro也陪著Paris村的勇士在山林野地奔跑準備迎接最激烈的競賽，Taro在Asilao王子的指示下訓練一批Salack村和Gomach村的勇士加入了長跑競賽，就這樣Taro和Tarabate兩人負責帶領兩村的勇士前往Tomel村參加競賽。隨著競賽的日子越來越接近，村落的熱鬧氣氛也越來越明顯，在Abouan村，Tomel村，Gomach村，這三村的村民不時地在河岸邊為熱鬧氣氛談笑著，也為了這熱鬧的氣氛準備著，在村裡的市集擺滿了熱鬧的祭典飾品和食物，對祖靈和天神的敬仰，對人與人之間的交流在這時刻顯露出來，這條河越是熱鬧，人們臉上的笑容越是洋溢，生活就越顯得富足與安逸。這條河流上的魚群跳躍與大海裡的珊瑚揚起美麗的衣袖有著同樣的美妙舞姿，村民在河岸邊欣賞這美妙舞姿，Asilao王子一個人站在海岸礁岩上望著大海，看見了Gali

王子也是一個人站在海岸山坡遼望著大海，究竟Gali王子心裡想什麼？是不是也和自己一樣有著相同的夢想，想在村落間建立一個和平的夢想王國保護著自己的村落，守護家園。Asilao王子被一陣風吹醒了心思，突然間看見Gali王子正對著自己露出笑容，Asilao王子也露出笑容。Akin從後面叫住Gali王子，Gali王子離開了海岸山坡，Taro也來到了海岸邊，「海岸風大，王子回去吧。」Taro說。Asilao王子看著Taro，兩個人也離開的海岸邊。在Gali王子和Asilao王子的心裡都有一個夢想，這夢想連Tawo王子也有相同的想法，保護村落建立一個強大和平的村落王國保護著自己的子民，萬世萬代不受傷害生存下去，這是身為村落王子的責任和使命。

隨著村落祭典的逐步到來，在河流的前後兩端搭起木橋，Anui和Siro在上游河岸指示村民搭橋作為祭典中勇士們的競賽路線，同時Tawo王子也來到現場巡視，村民有了工作，有了幹勁也顯得活躍起來，Tawo王子臉上不時地露出笑容，心裡也非常佩服Gali王子的驚人智慧。另一方面Gali王子和Asilao王子巡視了正在下游搭木橋的村民，Akin和Taro向他們說明村民工作的情況，很顯然的，村民對此次兩村落的擴大及聯合祭典都顯得非常開心，村民每天出海捕魚，在山上打獵，在平地種莊稼，無非是想趁著祭典給自家生活帶來豐富的收入，勇士們不斷地在市集，山坡上，努力地鍛鍊自己的身體，希望能在競賽中有好的表現，並期待得到王子的重視，這樣就能保護家園，守護心愛的人，山林中吹著微微的冷風，掃過一排的花草樹木，鳥鳴伴著流水聲，大海上正在透著一股不安份的風隨著這股氣息吹拂而來，Gomach村和Tomel村將會引爆什麼樣的未知命運，只有海神知道。透著明亮的天空，繚繞山頂的歌聲充斥在整個山坡、河岸邊，從村民臉上露出陽光般的笑容，天地之間的豐富山川任我遨翔，市集裡炊煙四起的熱食，家家戶戶掛滿了草蓆、獸皮、銀器，陶具上裝滿豐盛的薯泥和酒，歌聲從白天到黑夜，不曾停歇的流動著，少男少女的追逐遊戲彷彿獵人和野獸之間的追捕，迎風搖曳的山柳樹垂釣在河邊傳遞這一份的喜悅之心給每個村民和村落，每一個生物，河流上倒映著山坡上點點紅紅且泛白、泛紫、泛黃的野花小草，樹梢上的小黃花也隨著飄逸的風緩緩垂落下來，垂落在土堆，垂落在河流上，河流上的小黃花瞬間變成了點綴黑夜的星光那樣點綴著河流，一個流動的銀河星空。

望著潺潺的河水聲流動了Tawo王子的心跳，Ama從山坡上採野食準備回家，在河岸邊等待Siro，Ama看見Tawo王子一個人在木橋上，便向前走了去，「一個人在想什麼？」Ama說。Tawo王子回頭看了Ama一眼露出淺淺笑容。以不變的姿勢繼續望著河流，「很多村民也許對我不諒解，為什麼要和Gali王子聯合祭典，舉辦競賽。」Tawo王子說。「你想太多了，我哥跟我說，為了村落的安全，所以必須有更強大的力量才行，村民也漸漸明白了，不會怪罪王子的。」Ama說。「是嗎，Siro說的嗎？」Tawo王子看著Ama，繼續說：「Siro在哪？」「他說要去獵鹿，等一會就過來。」Ama說。「那好，我也去幫他。」Tawo王子說完就立刻拿起箭，往山坡上走去，不一會Siro出現在Tawo王子面前，手裡拿著一隻鹿。「王子。」Siro說。「我

不是說過只有我們兩個人在的時候，不要叫我王子。」Tawo王子說。「哥，好大一隻鹿喔。」Ama驚喜地說。「嗯。」Siro說。「我來幫你。」Tawo說。「嗯，Tawo，來吧。」Siro露出笑容說。三個人在夕陽透白的光芒照射下高高興興地抬著鹿回到村落，同時歌聲也嘹亮四起，迴盪在山谷之中。

維持好幾天的慶典終於熱熱鬧鬧地結束了，在最後的比賽中憑各家勇士們拼盡了全力從上游跑到下游，再從下游跑回上游，市集裡供應著選手們的補給品，村民趁著熱鬧街市裝扮自己，活絡村民的感情，一名勇士從Tomel村繞過河流的時候，突然看見一隻大怪物從河底攀升上來，嚇得這名勇士拔腿就跑，接二連三的勇士也回到Abouan村，在經過Abouan村的山坡上看見大怪物又竄升起來，接二連三的勇士們在河流旁看見大怪物，村民爭相走告，有好奇的村民就會跑到河岸邊觀望，河面平靜無波，沒什麼大怪物，當大家稍不注意的時候，大怪物又出現了，身長幾十尺，雙手帶有尖爪，長尾，聲吼巨大可劈山，村民嚇得趕緊回村落，不敢再踏進河流一步。正在慶典中的Tawo王子和Siro兩人巡視著市集，巡守隊帶來大祭司的警告，Tawo王子非常震驚，「怎麼了？臉色這麼難看？」Siro說。「河裡即將出現大河怪。」Tawo王子說。「河怪？」Siro說。「我得去河邊看看。」Tawo王子說完，便向河的方向走去。往河邊的路途上看見很多村民和勇士都看見河怪的出現，因為河怪太巨大了，沒人敢靠近河，巡守隊在河邊隔開村民，避免受到河怪攻擊，大祭司看見Tawo王子到來，大祭司放下手中的器具，對著Tawo王子說：「王子，河怪好像在等待王子的到來。」「等我？大祭司感應到什麼？」Tawo王子說。「河怪似乎不肯說。」大祭司說。「再試一次，說我已經來了，就在這裡。」Tawo王子說。大祭司重新拾起器具，口中念念有詞的，不一會，河怪伸出長爪，低下了頭，幾乎快碰到了Tawo王子，村民和周圍的人都很緊張，Tawo王子做個手勢要大家不要驚慌，河怪用長長的鼻子聞聞Tawo王子，然後用長長的脖子將Tawo王子很快地捲入河中，河怪這樣的舉動把所有人都嚇壞了，大祭司趕緊搖動手中的器具企圖要將Tawo王子救回來，只看見大祭司放下器具，Siro看見大祭司的舉動，「怎麼了？大祭司，王子有危險嗎？」Siro說。「王子很平安，河怪要我們等。」大祭司說。Siro雖不解大祭司的話，看著河面如此平靜，也只好相信，並要巡守隊加強安全守備。Adawai看著Siro說：「沒問題吧。」「只有等了。」Siro看著Adawai說。平靜的河面又在陽光的照射下顯得亮麗無比的驚艷。

　　一個遍地佈滿野草森林的宮殿，Tawo王子漸漸甦醒起來，帶走他的河怪已經不見了，Tawo王子起身，觀望四周，這個宮殿，周邊的侍衛、侍女都靜止不動，當Tawo王子看見房子正中央的一個座椅，心想這一定是這宮殿主人的座位，當他朝著另一個方向的門口走出去時，突然被侍衛擋了下來，Tawo王子震驚了一下，「在我這是沒辦法單獨出去的。」有人說話了。Tawo王子轉身看見正中央坐了一個頭戴官帽的人，神情不帶凶惡，「你是誰？」Tawo王子說。「我是河怪的主人。」大將軍說。「河怪的主人？」Tawo王子說。「我是河神的大將軍，奉河神之命尋找守護者，就是你。」大將軍說。「你不知道我的

村落正在舉行慶典嗎？」Tawo王子說。「知道。」大將軍說。「既然知道，為什麼要讓河怪來嚇跑我的村民？」Tawo王子說。「哈……哈……。」大將軍大笑。Tawo王子有點憤怒卻不敢表現出來，怕觸怒大將軍，對村落帶來不幸。「河怪是要找王子才出現的。」大將軍說。「要找我？」Tawo王子說。「河怪是奉我的命令去尋找Tawo王子的。」大將軍說。「大將軍找我，有什麼事嗎？」Tawo王子說。大將軍喘一口氣，才緩緩地說出：「其實是要王子幫忙一件事，Abouan村的山要震動了，連帶地在Dosach村的大山會崩塌，淹沒那裏的大湖，那裏的村民會有危險。」面對大將軍的話，Tawo王子有點驚呀，Dosach村的大湖，不就是順著Abouan村的山谷下沿著小溪到達的草澤地嗎？那裏的村民都叫：「阿河巴的地方，Tawo王子看著大將軍說：「阿河巴有什麼問題？」「問題倒是沒有，只是那裏的大湖將會被大地震動和大山崩塌而掩埋，這個大地震動，Abouan村、和Paris村也能感受得到。」大將軍說。「那是說Abouan村也會被大山淹沒？」Tawo王子說。「Abouan村會很平安，Dosach村會被掩埋。」大將軍說。「滅村？村民？」Tawo王子驚呀地說。「所以我要你協助Dosach村的Amui王子遷村，讓Dosach村順利的遷到後面的大山居住。」大將軍說。「協助Dosach村遷移？」Tawo王子說。「不錯，過不久Amui王子會親自來找你要求你協助遷村的事，你一定要答應。」大將軍說。「我一定要答應？有什麼理由嗎？」Tawo王子說。「哈，這是天神的旨意，只有村落合作，合力保衛村落，守護家園，村落王國才會建立，大地之王才會出現。」大將軍說。

「村落王國？」Tawo王子猶疑了一下說。「總之，你回到村落時，要注意大地會震動，要協助Dosach村Amui王子遷村，才能保障村落的長久生存。」大將軍說。大將軍手一揮，門外出現兩個侍衛，這兩個侍衛走向Tawo王子，「他們會帶你回到村落。」大將軍說。Tawo王子來不及反應，大將軍大力一揮，侍衛和Tawo王子不見了，大將軍思索著這大地之王出現了沒。

在山坡上打獵的勇士都知道Tawo王子被河怪捲走好些天了，都還沒有Tawo王子回來的消息，市集裡議論紛紛地說Tawo王子會不會就這樣消失？竹屋裡充滿Tawo王子的氣息，村民引頸期盼Tawo王子能出現，山坡小路、溪谷、河邊，都有村民的呼喚，在一個村民駕著舢舨船回到小溪時，赫然發現有一個人躺在草叢裡，村民通知巡守隊，巡守隊到達時，這個躺在草堆裡的人被眼尖的村民發現了，「是Tawo王子回來了。」巡守隊立刻向大祭司回報，Tawo王子睜開雙眼，撐著地站了起來，看見村民圍著他，Tawo王子笑笑的表示自己很好，「讓大家擔心了，以後河怪不會再來了。」Tawo王子說。「王子打敗河怪了？」村民說。「不是打敗，是感化牠。」Tawo王子說。村民露出高興的笑容，Tawo王子也在村民的護送下回到村落。 另一邊Siro和Adawai非常擔心Tawo王子，大祭司只好設下祭壇並得知Tawo王子已回到村落的消息，立刻告訴Siro和Adawai，「我要去河邊祭壇。」大祭司說。Siro立刻囑咐巡守隊護送大祭司，「Siro，沒問題吧？」Adawai說。「去看看不就知道了。」Siro說。當大祭司一行人來到河邊，村民向大

祭司還有Siro說，有人看見Tawo王子在溪谷那邊出現，眾人都覺得驚呀，大祭司立刻拿起器具，口中喃喃自語，大祭司停下來，「怎麼樣？大祭司。」Adawai說。「王子回來了。」大祭司說。「嗯？」眾人驚嘆。「王子有受傷嗎？」Adawai說。「毫髮無傷。」大祭司說。當大夥沉靜，驚呀的時候，有一名巡守隊員跑過來，Siro看見他就說：「什麼事？那麼急？」「是Tawo王子要找大祭司和Siro兩位。」巡守隊員說。「Tawo王子，現在在哪？」Siro說。「在村裡集會所。」巡守隊員說。一行人浩浩蕩蕩從河邊往村裡去了，這河水潺潺，沒什麼改變，亮麗的小花朵依然綻放在河邊，綻放在荒草地。

陽光強烈地照在山坡野地，成群結隊的野鹿花豹，山豬麋羌，在獵人的追逐下奔放自在的跳躍著，在風和雲的啟動下，這山林開始啟動了生活的開關，村民晝與夜的活動也漸漸增加，白天在河裡捕撈魚貨，在山林裡打獵、覓食，夜晚迎著月光的影子在河邊洗淨身軀，踩著星光的碎影在村戶間迎風高歌，對著河水，蟲吟、獸鳴，在涼風的吹送下隱隱約約入夢鄉，一覺天明，白露水葉滴。Tawo王子來到斜坡草地望著潺潺流水聲，不禁意地發出嘆息聲，這嘆息聲驚動了草叢裡的樹蛙引頸張望，樹洞裡的松鼠引眼相看，Tawo王子的嘆息聲讓飛在花野叢林的粉蝶也不斷地鼓動著翅膀，不斷地飛舞，在飛舞的瞬息間有一個小孩在荒草裡彈出來，嚇到了Tawo王子，Tawo王子凝神看著跌倒的小孩，從小孩後面竄出很多小孩，Tawo王子很訝異，「你們怎麼會在這裡？」Tawo王子說。「我們在玩躲迷藏，看見王子來了，於是就……。」其中一個小男孩說。Tawo王子向前扶起跌倒的孩子，孩子們膽怯地看著Tawo王子，Tawo王子對著跌倒的孩子說：「會痛嗎？以後在山上玩要小心，很多小石子會絆倒，還有野獸會出來，現在好了，你們一起下山回家吧。」「不，我們要去山頂上。」一個男孩說。「去山頂？」Tawo王子疑問地說了這句。孩子們點點頭，Tawo王子非常好奇孩子們想去山上的原因，於是就問了一句話：「山頂上有什麼好玩的？」「山頂上可以看見河流，還有一大片草澤地。」其中一個較瘦小的孩子說。「草澤地？」Tawo王子說。「是啊，那邊聽說會有河怪爬上來吃草，然後就潛到河裡去了。」那個跌倒的小孩說。「河怪在草叢出現？」Tawo王子說。「自從王子見過河怪之後，河怪就一直在那裏出現，而且河怪不會害人。」瘦小的孩子說。「我們還看到村民陷入草澤地的沼泥中，沒有辦法自己起來，河怪用牠的大嘴把村民叼起來，放在岸上。」這次是一個較高的孩子說。Tawo王子聽完孩子們的話，非常震驚，河怪會保護村民，難道真如大將軍說的河怪是他派來的，Tawo王子笑著對孩子們說：「那今天讓我跟你們一起去山頂上看河怪救人，好不好？」「王子要跟我們一起去？」瘦小的孩子說。「嗯，可以嗎？」Tawo王子說。雖然孩子們很震驚，也都點點頭，於是孩子們帶著Tawo王子前往山頂上去了，孩子們嘹亮的歌聲在山谷中迴盪在山林中繚繞，頓時間Tawo王子才猛然發現這群活潑的孩子是因為有這一片山林美景的陪伴，這麼美妙空谷迴盪的歌聲，家園如此美麗，身為王子的他竟然不知道自己的村落有如此美妙之境地，大將軍說村落王國是將這圍繞在山林

之中的村落，依傍在河流的村落結合起來一起守護，讓村落的孩子們有盡情高歌的所在，讓村民有豐衣足食的資源享用，Tawo王子越走，心越沉重，感覺重擔又要來臨了，就像Tomel村的Gali王子與他共同慶典祭祖，選拔勇士，共同守護家園一樣。孩子們的歌聲像雷一樣地穿過Tawo王子，狠狠地在胸口上劃上一刀。

在村裡遍尋不著Tawo王子的Adawai在市集裡碰見了Siro，Siro看見Adawai著急的神情便問明了原因，「你覺得Tawo王子會去哪呢？」Adawai說。Siro靜靜地沉思一下，沒有回答，看見市集裡忙碌的村民背影，「也許王子離開了村子，到村外去巡視了。」Siro說。「到村外？要不要派巡守隊去找，王子會不會有危險？」Adawai說。「就依你的，派一兩個巡守隊暗中找尋，千萬別讓村民知道王子失蹤的事。」Siro說。當Siro和Adawai要離開市集，準備到村外去，途中遇見了Ama，Ama和一群村裡的女子正從河邊回來，「哥，你們要去哪？」Ama說。「正要去村外走走。」Siro說。Ama把手中的籃子交給一名女子，讓她們先回家，「我們剛才看到Tawo王子走到山上去了。」Ama說。「Tawo王子去了山上？」Adawai說。「嗯，我們在河邊看見的，他一個人往山坡上去，他跟一位大姊說去山上看看。」Ama說。Siro仰望天空一下，「走吧。」Siro對Adawai說。Adawai和Siro立刻往村外的山路走去，Ama也跟著過去。

站在高山上吹著沁涼的風，從山谷吹向山腰；從山谷吹向平野；從山谷吹向河流；從山谷吹向山頂；從山谷吹向天空。

浮動的白雲飄過山頂，白柔柔的鬆軟似棉絮般的柔，仰望著頭頂上的白雲，想抓也抓不到，白雲似乎很鬆軟的走過，留下一片湛藍的天空，Tawo王子看著不殘留痕跡的白雲微笑了，因為只有輕風吹走白雲的苦悶，看著潔白無暇的白雲，Tawo王子心境突然變舒暢了，當他對著白雲深呼吸的吐了一口氣的時候，「河怪出來了。」孩子們突然大叫說。Tawo王子才轉向孩子們說的山谷向下望去，身體在河中央，伸長了脖子在沼澤地覓食，佈滿高矮不均的樹叢，村民在泥地裡尋寶，河岸邊有雁鴨棲息，搗衣的聲音和河流的衝擊聲相互交疊著，孩子們專注的看著河怪的擺動。「我覺得河怪根本就不會害人嘛。」高瘦的孩子說。「河怪是保護小孩子的。」瘦小的孩子說。「我聽說在河邊還有一種妖怪是專門出來抓小孩子的。」胖胖的孩子說。「我也有聽說這個妖怪都是晚上出來的。」瘦小的孩子說。「你們說的是長毛鬼啦，長毛鬼最討厭說別人壞話的小孩子，只要牠聽到有人在背後說別人壞話，牠就會出現把那個人抓起來。」高瘦的孩子說。「所以最好不要亂說話。」孩子們一句又一句地說。Tawo王子看著河怪似乎沒有什麼可以懷疑的，Tawo王子在山頂上距離河邊有一大段距離，所以他試著用心底呼喚河怪，河怪似乎感應到了揚起長長的脖子，不斷地向山壁拋，Tawo王子見牠樣子深怕牠危險，又用心召喚，希望河怪回到河流去，不要上岸，危險，河怪似乎有了反應，漸漸退出了岸，沉浸在河裡，剩下兩隻眼睛張望，似乎在尋找什麼，Tawo王子終於拉下心門，不再想河怪。「你們看…。」孩子們說。Tawo王子問：「發生什麼事？」「是河怪。」孩子說。

Tawo王子輕輕的說：「河怪。」Tawo王子往孩子們說的方向看去，河怪正在用牠的嘴把一個陷在草泥中的村民叼上來，然後放在河岸上，河怪又退回河裏去了，村民驚險地雙腳一跪向河怪連磕好幾個頭，這一幕完全被Tawo王子看見了。風是從山下吹上來，非常強勁，孩子們紛紛躲進樹底下，抱著樹幹，等強風過後，孩子們才開始有了笑聲，「要回家了嗎？」一個小孩說。「嗯，我們回去吧。」高瘦的孩子說。「王子要回去了嗎？」瘦小孩子對Tawo王子說。Tawo王子笑笑，沒有回答，此時巡守隊出現了，「王子，你在這？」巡守隊說。Tawo王子看著巡守隊，接著Siro、Adawai、Ama也出現了，「你們怎麼都來了？」Tawo王子說。「王子突然失蹤，大家都很擔心。」Adawai說。「既然大家都來了，那就送這些孩子們下山吧。」Tawo王子說。巡守隊一一護送著孩子們下山，Tawo王子、Siro、Adawai、Ama陸續走下山，這條山路依然吹著強勁的風，天氣晴朗的日子終究會颳起風，下著雨，平靜的村落還是有不平靜的干擾，這不平靜卻不知從那裡來，Tawo王子揪著一顆守護村落的心而煩悶著。

泛著河水的清澈，河裡魚蝦成群，在河岸亮麗的歌聲呼應著水流聲，草坡上的腳步聲夾著高低音符的節奏，沒有困擾，沒有過度的節拍，這些高低音符的腳步聲是村民判斷野獸最好的方法，成群結隊的完成了狩獵的行動，踩著陽光的餘暉和草坡上結穗的種子，趁著白雲還留下一絲照明的光回家，泛紅的白雲在山坡上很容易被山上的魔鏡披上一層黑紗並籠罩回家的路，淹沒村莊的入口。Gali王子一個人站在河岸邊，來往河裡的舢舨船和竹筏載滿了一天的生活物資，Gali王子得知這河裡有河怪出現，非常的擔心村民的生活受到影響，於是趁著狩獵之餘，來到河岸邊巡視，從河口湧進大批的海水，推著礁岩，拍打河岸上的草木，陽光刺眼地照著，河水閃閃發亮，Gali王子凝神之際，有人喚住他，「王子，原來你在這。」Akin說。Gali王子轉頭看著Akin，「你來了。」Gali王子說。「這河裡最近不平靜，聽說河怪出現過。」Akin說。「你也知道這事。」Gali王子說。「河怪的事傳遍整條河，Abouan村的Tawo王子還被河怪捲入河底呢。」Akin說。「不知道Tawo王子現在好不好？」Gali王子說。「聽說沒發生什麼事，王子你，還是小心一點好。」Akin說。Gali王子向河岸望了一下，回到岸邊的草坡上，「村裡怎麼樣，村民還平安吧。」Gali王子說。「都照王子說的，巡守隊每天輪流巡視，一有問題就回報，目前沒什麼大事。」Akin說。「河裡漂來的異物都清了嗎？」Gali王子說。Gali王子深怕這些大海漂來的異物阻塞河流，讓河流無法流通，下雨了，河水會漲起來，影響到村民的安全。「說真的，大海怎麼會有那麼多異物？」Akin說。「海上有人，海上不平靜。」Gali王子說。幾個村民從山坡上走過，驚動了Gali王子和Akin，村民看著Gali王子，其中一個村民說：「在河上有人不小心被礁石劃破了傷口。」Gali王子看著受傷的村民，指示Akin拿出草藥，Akin就在石板上搗碎草藥給Gali王子，Gali王子立刻拿著藥草給村民敷上，疼痛地讓村民唉了一聲，Gali王子用草葉和麻繩包紮好，「現在沒事了，起來走走看。」Gali王子說。在村民的扶助下，受傷的村民拐

了身子，當發覺疼痛少了，就向Gali王子鞠躬道謝，Gali王子對Akin說：「帶他們到巡守隊那裏，讓巡守隊送他們回家。」「是的，王子。」Akin說。送走了村民，Gali王子深感這村落的重要，村民生活的保障，山坡上的一陣風吹來逆轉的方向，Gali王子有點重心不穩跌了兩步，重新站穩了腳步，Gali王子看見了一個非常奇怪的事情發生了。

Gali王子看見風的方向從山頂向下吹，然後又從河面往上吹來，這一個大逆轉的風向，河面上濺起十公尺高的水柱，嚇壞了附近的村民，紛紛躲避到山坡上，這個巨大的水柱瞬間落下，除了零星的水花弄濕了岸邊的花草灌木，嚇退了礁岩上的昆蟲及動物以外，幾乎沒有破壞性，Gali王子在水柱消退之後欲往前探個究竟，Akin見到Gali王子的舉動，趕緊向前，「王子，剛才那情形，你也看見了，這樣不會有危險吧？」Akin說。「身為村落王子如果害怕危險，沒有資格保護村民。」Gali王子看著Akin又看看村民說。「王子。」Akin說。說不動Gali王子，只好任由Gali王子前去河邊，Akin要巡守隊前去保護Gali王子，Gali王子對巡守隊說：「不用擔心我，把村民好好護送到家。」雖然村民很擔心，也拗不過Gali王子的固執，村民只好隨著巡守隊回村子，留下Akin陪著Gali王子往河邊去。沿著荒草路，可以感受到剛才巨大水柱的威力，原本乾燥草坡變成了泥濘地，Gali王子看見樹上的水滴透著陽光發出七彩光芒，水滴在承受不住的情況下順著葉面，順著枝椏，滴落在地面，混著泥土化為塵煙，Gali王子頓時感受到水滴的昇華，在一瞬間消失，身為村落王子也有可能面對無數危險去守著家園，當自己生命結束時，也許就像這水滴一瞬間消失，但，能留下什麼？Akin見Gali王子默默不語，「什麼事讓王子這麼煩心。」Akin說。Gali王子面對河面，寬廣的河面，載浮載沉，「你想剛才那巨大水柱是什麼？」Gali王子說。「不知道。」Akin說。「幾十年來，河面也發生過不少變動。」Gali王子說。「是啊，每次發生的都是山河大震動。」Akin說。「這回又不知會發生什麼變動？」Gali王子說。當Akin靜靜想著Gali王子的話，突然聽見遠處有人大叫，Gali王子和Akin立刻跑過去，一隻海怪捉住村民，Gali王子為了救村民和海怪對峙，用心召喚，海怪聽見召喚就放下村民，Gali王子對村民說：「沒事吧。」村民起身，拍拍身子，驚魂未定，只見海怪伸出觸腳將Gali王子迅速抓住往海裡面沉下去了。數分鐘之後，海面異常的平靜，海面的水紋細細如髮，海面上的水紋層層透著陽光的色彩灑下許多亮粉，海面奇亮無比的艷。Akin看著Gali王子被捲入海底，立刻通知村民找大祭司，只有大祭司才能測出Gali王子的吉凶，Akin在海邊等待大祭司的到來。Akin等待的心情有如山坡上飄落的葉片，茫然不知方向，巡守隊有人來報告說Anui來了，Akin見到Anui才鬆了一口氣地說：「Anui，見到你真好，不然我真不知該怎麼辦？」「到底怎麼回事？」Anui說。「我也不知道要怎麼說。」Akin搖頭說著。看著平靜的海面，似乎不像出事的樣子，「大祭司呢？」Anui說。「已經請人去通知了。」Akin說。Anui望著四周，萬里無雲的好天氣，「大祭司來了。」有人喚說。Anui和Akin看著大祭司走過來，原本想要問的，大祭司卻開口說：「大家不要驚

慌，Gali王子不會有事的，是海怪請王子到海裡面作客去了，我們就等待吧！」「等？」Akin說。大祭司點點頭。「難道這事和Abouan村的Tawo王子一樣被河怪請去，王子也被海怪請去。」Anui說。「沒錯，是天神的旨意，一定有什麼事要傳達給王子的。」大祭司說。村民嘖嘖稱奇，也不得不相信，如今也只有等待Gali王子平安歸來。海面的水波依然平靜，舢舨船搖晃卻不震動，礁岩隨著水波浮動。

在長滿矮木的石柱旁站著侍衛和侍女，幾個面如怪獸的猙獰面孔從石柱旁的門內交談著，Gali王子呆站在門外的空地上，望著門慢慢被推開，這幾個怪獸走出來看見Gali王子「就是他。」其中一個怪獸說。「嗯。」另一個點點頭。「大統領要見你。」怪獸說。「大統領是誰？」Gali王子說。侍衛打開門，Gali王子在怪獸的護送下走進了門，這門建得很輝煌，很難想像這到底是海地世界還是王宮？坐在大殿正中央的大統領微微露出笑容，大統領看著Gli王子充滿好奇的眼神，一點也不稀奇，Gali王子看著四周站立著人形怪獸的地方，雖然害怕，也裝作鎮定地說：「你把我帶到這裡來有什麼目地？」「哈！哈！」大統領大笑說。「笑什麼？」Gali王子說。「Tomel村靠海又接近河，腹地很大，我接到海神的旨意，Tomel村要聯合其他靠海的村落一起守護大海。」大統領說。「守護大海？」Gali王子說。「是的，大海在很遠的地方產生了變化，很快地就會來到這裡。」大統領說。「那我要怎麼做？又怎麼相信你說的話？」Gali王子說。「日前你也聽說了在Abouan村有河怪出現了，你在海岸邊也看見很多奇怪的東西。」大統領說。Gali王子對大統領的話覺得不可思議，為什麼大統領會知道Abouan村出現河怪的事，河怪和海怪的出現有什麼相同的地方，意味著什麼？深愛著村民的Gali王子知道這一切不是巧合，是天神的安排。究竟海神要Gali王子做什麼？「大統領要我做什麼？」Gali王子說。「協助Asilao王子成立村落王國的誕生。」大統領說。「村落王國？」Gali王子疑惑地說。「Abouan村附近的村落即將會有村落聯盟出現，Tomel村必須聯合靠海的村落一起產生聯盟，並守護大海。」大統領說。「你的意思要我和河對岸的Gomach村合作。」Gali王子說。「這是海神的意思，這些村落必須聯盟才能守護大海，守護村落。」大統領說。「Gomach村裡有一座山，那裏也會有危險嗎？」Gali王子說。「目前是不會，一旦大地震動了，就會有危險。」大統領說。「Gomach村的Asilao王子會答應我的請求嗎？」Gali王子說。「守護家園、村落不正是身為村落王子的責任嗎？」大統領說。「這…。」Gali王子一時之間說不上話來。「總之，過不久就會大地震動，別說Abouan村、Tomel村、Gomach村也會感受到，王子只要順著天神的旨意去做就好了。」大統領說。「天神的旨意？不是海神嗎？」Gali王子說。「是海神感受到大海的風波，傳達了天神的旨意，河神、海神，接下來大地之神要啟動了，當村落聯盟成立時，村落王國的建立，大地之神將會親點大地之工的誕生，保護著各個村落與村民的生活。」大統領說。「村落王國？」Gali王子說。「嗯。」大統領點點頭看著Gali王子，大統領揮手叫旁邊的侍衛，侍衛轉身，一群人形怪獸出現了，怪

獸看著大統領，「把他帶回去。」大統領說。人形怪獸靠近Gali王子，大統領向怪獸和Gali王子揮手，大殿之上出現一陣煙霧之後，怪獸和Gali王子不見了。

在河岸邊徘徊走著，Anui從山坡小路穿過河岸來到海岸，這一大片的草澤地和荒草坡夾著些許海水味，Anui帶著巡守隊穿梭在Tomel村和Tannatanangh村，在Abouan村發生河怪事件之後，Anui接受Gali王子的指示要加強巡視村落，在Abouan村的河怪出沒後，Tomel村又發生海怪捲走Gai王子的事情，現在Gali王子還下落不明。「你們繞過去海岸那邊看看，我去山坡上看看。」Anui對巡守隊說。在海岸山坡一處草澤地被村民發現有異樣，成群結隊的前去探個究竟，「草堆裡躺著一個人。」一個村民說。大家好奇往前看，「是Gali王子。」其中一個村民眼尖認出了Gali王子，於是叫年輕一點的村民通知大祭司和巡守隊，有人說：「Anui在附近，我去告訴他。」村民七嘴八舌的討論著，Gali王子被強烈的陽光照醒，當睜開眼時看見一群村民圍著他，「王子醒了。」村民說。大夥才安靜下來，Gali王子站起來，望著大家，「讓大家擔心了。」Gali王子說。當村民和Gali王子欲離開草澤地，要走向村子，大祭司來了，大祭司向天喃喃自語了一會，停下來說：「恭喜王子，王子平安歸來。」大祭司說。「大祭司，你看到什麼？」Gali王子說。「王子，大祭司沒有看到，只知道王子此行是重責在身。」大祭司說。Gali王子看著大祭司，久久沒有說話，難道這真的是天神的旨意？大地之神要降臨，大地之王要出現了？Gali王子心裡正想著，大海會有什麼災難降臨？「送Gali王子回村子。」大祭司對巡守隊說。眾人圍著Gali王子走過草坡、越過山坡，回到Tomel村落，美麗的天空依然灑下泛金黃色的光線在樹枝上。

回到Tomel村的Gali王子將自己關在家裡，足不出戶好些天，Tomel村才剛和Abouan村一起舉行過慶典，現在又將面臨海上風暴，Gali王子真不知該如何面對村民，大統領說大地會震動，Abouan村能感受到，Tomel村也會有感應，唯有建立村落王國才能解除海上風暴和大地震動，守護村落。Gali王子在家中沉思許久，未見任何人。Akin擔心Gali王子的情形，於是一個人到Tannatanaugh村找Anui，Anui得知Gali王子的行為，除了驚呀，還是驚呀，「Akin，放心好了，深愛村民的王子一定會走出來的。」Anui說。「你倒是挺放心的。」Akin說。「不是放心，Gali王子被海怪抓去就像Tawo王子被河怪抓去一樣，一定是有什麼新的責任要王子去負擔，王子正在思考對策。」Anui說。「是這樣嗎？」Akin說。「放心，大祭司不是說沒事嗎？」Anui說。Akin雖然想放下一顆心，總覺得事情沒那麼單純，但因為Anui都拿大祭司做擔保了，Akin不得不放下了心。村民依然穿梭在村裡市集之中，各種獸皮，糧米應有就有，在屋簷下的魚乾是一連串的努力，這條河潛藏著無限寶藏，這山坡有著甜蜜的時光，穿過草堆是一個清脆的竹林擺盪著歌聲。如同Gali王子一樣的掛著村落的安全的Tawo王子來到河岸邊，礁岩上滾動的河水翻攪著Tawo王子的心脈，波光粼粼的河水透著璀璨的光輝，竹筏船搖曳在礁岩海岸邊和河水拍打礁岩的激流聲交雜著村民的歌聲，不同的節奏下展開大地之音的和弦，草叢裡幾許窸窣的鳥蟲鳴伴著腳步聲追逐著小孩的嬉鬧聲，

Tawo王子在礁岩上坐著凝望著河水，水草田、山坡路，仰天長嘆一口氣，就在此時，Sior和Ama從河的對岸划行過來，「什麼事讓王子這麼嘆息？」Siro說。Tawo王子看了Siro一眼，沒有回答，「大概是為了河怪的事吧？」Ama說。山崩地裂，村落王國的聯盟是最好的生存方式，Tawo王子想著大將軍的話，「Siro，Paris村最近有什麼問題嗎」Tawo王子說。「Paris村倒是沒什麼問題，只是河怪出現。Paris村民漸漸往山裡去移動了，以打獵為主。」Siro說。「是啊，本該保護村民的，卻是如此無奈。」Tawo王子嘆一口氣說。「不過paris村有許多小溪流可以供應村民農耕自作，算是萬幸。」Siro說。Ama望著河流上的山形倒影，清澈如鏡的河水，驚嘆不已，「聽說下游的Tomel村有海怪出現。」Ama說。「海怪……。」Tawo王子說。「我聽到打獵回來的村民說過。」Siro說。「就像王子一樣被河怪捲走，Gali王子也被海怪捲走好些天才回到村子。」Ama說。「是嗎。」Tawo王子說。河怪和海怪同時出現，不覺得湊巧嗎？Tawo王子決定前去Tomel村會見Gali王子，在聽完Tawo王子的心意之後，Siro說：「這樣好嗎？」「沒什麼好擔心的。」Tawo王子說。「那我就派幾個巡守隊陪著王子一同前去。」Siro說。Tawo王子和Gali王子的會面即將為這條美麗河川掀起什麼樣的風暴？Tawo王子聆聽河水拍打礁岩的聲音有一股不安份的氣息。

Gali王子站在山坡上看著迎風搖曳的樹枝和淨白的雲朵從山頂上飄，風從樹梢發出颯颯的聲音，Hopa靜悄悄地來到Gali王子身邊，「什麼事讓王子這麼嘆息？」Hopa說。Gali王子轉頭看了一眼Hopa，兩人靜默沒有說話，「我聽說了，王子被海怪捲走失蹤的事情，在村落間早已傳開了，就像Abouan村的Tawo王子被河怪抓走的事情那樣。」Hopa說。「你不會覺得很奇怪嗎？」Gali王子說。「奇怪？怎麼會？大祭司都說了這是天神的旨意，更何況王子也平安回來了，我相信天神一定有什麼任務要傳達給王子的。」Hopa說。Gali王子看著Hopa並抓著她的手說：「謝謝妳，因為有你跟Anui兩個人，我才能順利的保護村民。」「王子。」Hopa說。「這件事過了，我一定會好好保護妳。」Gali王子說。Hopa靜靜地看著Gali王子，Gali王子用深情的雙眸看著Hopa並將她摟在懷裡。天地從容的白雲依然飄過，幾隻小鹿從樹叢裡竄過，惹得往來的村民急的跳腳，這些舉動看在Gali王子眼裡又好氣，又好笑，Hopa離開Gali王子的懷裡，「王子在笑什麼？」Hopa說。「妳看看這些村民被野鹿逗得哭笑不得的樣子很可愛。」Gali王子說。「我倒是很久沒看見王子的笑容了。」Hopa說。「是嗎？」Gali王子看了一眼Hopa說。Hopa和Gali王子相視了一會，巡守隊急忙跑過來報告，「什麼事？」Gali王子說。「是Tawo王子來了。」巡守隊說。「真的，那趕緊回村子吧。」Gali王子說完，就下山了，Hopa和巡守隊跟著。村民依舊在草叢裡追逐著獵物，直到向晚的一刻，這一刻竟是太陽掛在天邊設下一道金黃色的水幕帶著泛紅的雲彩掛在山頂上降下炫黑的亮光。

Akin和Anui在屋裡等待Gali王子的到來，看著Tawo王子寂靜沉默的表情似乎有什麼事擔憂著，「真不好意思，讓Tawo王子等這麼久。」Anui說。「沒關係。」Tawo王子輕回著。

Akin向屋外巡守隊探詢著Gali王子的行蹤，「怎麼樣？。」Anui說。「快到了，路上。」Akin說。正當Gali王子要踏入屋內時大地震動了一下，搖晃了屋子和大夥，「又震了。」Gali王子說。「是啊，最近大地頻頻震動著，是不是又會發生什麼事？」Tawo王子從屋內傳來這句話。Gali王子走進屋內，「抱歉，讓你等這麼久。」Gali王子向Tawo王子行個禮。Tawo王子也回禮，「坐吧！」Gaki王子說。Tawo王子和Gali王子相對而坐，「你們先回去，這兒不需要守著。」Gali王子說。「王子。」Akin說。Anui制止Akin，「我們走吧，Tawo王子想必有話要跟王子說。」Anui說。「好勇士，懂得主人心。」Tawo王子說。「Tawo王子過獎了。」Anui說完，走出屋子。「沒問題吧。」Akin說。「擔心什麼。」Anui說。屋裡的Gali王子看著Tawo王子「說吧，今天來不單單是誇讚我村裡的勇士吧。」Gali王子說。「好說。」Tawo王子說。兩個人靜默許久，Tawo王子才開始說：「是為了最近大地頻頻震動的事而來的。」「咦？」Gali王子輕嘆一句。「自從河怪出現後，我聽說海怪也出現了。」Tawo王子說。「是啊，只是都沒有想要傷害村民的意思。」Gali王子說。兩人在交談中得知對方也被河神和海神召喚著，說是天神下旨要建立村落王國，保護村落的事情，不禁意地感到驚呀，Tawo王子還告訴Gali王子說在Dosach村的大山會崩塌，那裏的大湖會被掩埋，河神要Tawo王子協助Dosach村的Amui王子遷村。Gali王子感覺不可思議且更評異。「Dosach村也會發生災難？」Gali王子說。Tawo王子沒有回答。「Dosach村山下的湖真發生事情，Dosach村民往哪逃？」

Gali王子說。「要是大湖淹了，湖水漲了，不就像Abouan村一樣嗎？」Tawo王子說。Gali王子靜默沒有回答。「Abouan村經過一次大雨沖刷，山頭崩塌，差點埋村，這湖水漲了，不僅Dosach村、連Baberiang村都會受影響的。」Tawo王子說。「天神到底傳來什麼樣的災難說。」Gali王子說。當Tawo王子和Gali王子默默苦思的時候，大地又震動了一下，使得兩人向屋外看了一下，搖晃的樹影正隨著風不斷地擺動著，誰也猜不出這代表什麼意思？Tawo王子正準備要離開的時候，Gali王子也告訴Tawo王子說海神要他聯合靠海的村落一起守護大海，「是Gomach村？」Tawo王子說。「嗯。」Gali王子說。Gali王子目送Tawo王子離開，兩人之間的距離是從村落到村落，也是從大海到大山，但，兩人之間的心是沒有距離的。

大肚王國的故事

第二部

大肚湖畔的變動

棲息在沼澤裡的水鳥不停地來回走動和覓食，村民在沼澤以外的河邊洗滌，這條河也是湖，河面寬廣的像大湖一樣，從山坡上流下來的水就在這裡聚集，若是水漲了就從另一邊河流往大海方向去了，從湖面上照映著山坡上的景物，碎花點點和搖晃的樹枝在水紋的招呼下來了一場宴會，這宴會帶給村民無限的歡樂，在湖上捕捉魚蝦、貝類，採集水藻，在河岸邊種植穀物，在山坡上獵獸的足跡往往是野獸們攻擊最好的藉口。在Dosach村裡的村民回報了Abouan村的Tawo王子和Tomel村的Gali王子聯合慶典競賽並且加強了兩村的合作關係，這個消息讓Amui王子知道之後，顯然開始意識到這股合作關係將威脅到村落的安全，於是在Dosach村及Kakar村加強巡邏，這片大湖是Dosach村民的生活命脈，不允許遭到攻擊，Pahar從河岸邊徘徊巡邏，一隻野兔跳過Pahar的腳邊，跑到山坡上去，Pahar執起弓箭向兔的方向，野兔重傷倒地，此時，Amui王子剛好經過就拾起受傷的野兔說：「你還是跟以前一樣，巡邏不忘打野食。」「你怎麼來了？」Pahar笑笑說著，收起弓箭。「有發現問題嗎？」Amui王子說。「一切都很正常。」Pahar看著四周說。「Kakar村那邊呢？」Amui王子說。「Kakar村？」Pahar說。「Abok沒給你消息嗎？」Amui王子說。「沒看見他。」Pahar說。「我該去找他了，為了要讓他成為我最好的朋友，Kakar村不能少了他。」Amui王子說。「王子。」Pahar說。「放心，相信Abok心裡也是希望能守護這家園。」Amui王子說。「自從上回在山中競賽事件，Abok還沒原諒你呢。」Pahar說。

「我不是要他原諒，身為村落王子就是要替村落找到一個可以共同守護家園的朋友，我相信Abok會了解的。」Amui王子說。拎著野兔的Amui王子觀看大湖四周，「你打算讓這隻野兔就這樣擺著嗎？」Amui王子說。Pahar突然回神一下，看著Amui王子手上的野兔，「對喔，差點忘了。」Pahar說。兩人穿過沼澤，順著山坡回到村落市集，沿路熱熱鬧鬧的村民準備著一天的禮物為生活忙碌著。這大湖北邊是Dosach村，沿著沼澤，跨過河流又來到了不一樣的村落，Amui王子想和Baberiang村落合作，共同守護著這山中湖畔的資源及美景。天空裡的雲層正透著泛黃、泛白、泛紅的光芒照射在湖面上，金光粼粼的閃爍，擺動的水紋就像搖晃的荒草，曼妙的舞姿優雅動人，令人垂憐一賞，腳步也止住不前了。

站在河岸欣賞這湖岸風光，Saiyun同村裡的女人一樣在石頭上拍打著衣服，竹籃上的衣服是Saiyun一家子的，當Abok上山打獵的時候，Saiyun就跟Abok到河邊洗滌衣物，Abok也好盡到保護的責任，在湖的對岸可以看見Amui王子和Pahar在河岸巡邏和打獵，Kakar村和Dosach村競賽時的狀況卻讓Abok一時之間不能諒解Amui王子的想法，於是就不再往來，Amui王子本來和Abok一起打獵，現在剩下Abok一個人。船伕將船靠穩，下船的是Amui王子張望河邊洗衣的女孩，同時也張望男孩們在湖邊捕撈的情形，此刻Pahar在船邊張望了一下並下了船，給船伕一些螺幣，船夫正在等下一個客人，Pahar在Amui王子耳邊說：「那個就是Saiyun，Abok的妹妹。」「嗯，走吧。」Amui王子說。提著竹籃準備和女孩們回家的Saiyun被Amui王

子攔住了去路，女孩們有些慌亂的看著Amui王子，Amui王子看著Saiyun，「我不會傷害妳，你們可以先回去，要是碰到Abok，就告訴他，我在找他。」Amui王子說完，立刻讓出了位置。女孩們一個個驚慌地快步離去，Saiyun本想離開，又回頭看著Amui王子，「你是誰？你找我哥哥做什麼？」Saiyun戰戰兢兢地說。Amui王子看著Saiyun，笑著對她說：「妳不認識我？」Saiyun想了一下，沒有說話，「他就是Dosach村的Amui王子。」Pahar說。「Pahar。」Amui王子叫了Pahar說。Pahar看了Amui王子一眼，「你就是跟我哥比賽長跑的Amui王子。」Saiyun說。Amui王子的笑容化解了Saiyun的害怕，同時Saiyun也露出了笑容，「Saiyun，你還不回家。」Abok從後面叫了她。「哥。」Abok向Saiyun靠近，然後向Amui王子看過去，「你可以回去了。」Abok說。Abok牽著Saiyun的手往回家的路準備要離去，「Abok，我們談談好嗎？」Amui王子用懇求的語氣說。Abok放開Saiyun的手，「在這裡等我。」Abok說完，走向Pahar說：「照顧一下Saiyun，Amui王子，過來吧。」Abok說完，就往一處淺灘走去，Amui王子跟了過去，留下Pahar和Saiyun兩個人望著他們，河岸邊吹起一陣風，歪倒了草葉，同時降下了樹枝，樹上的鳥開始起飛，在空中盤旋鳴叫，好似在尋找失去的家人。

面對湖面河水，Amui王子和Abok都陷入好長一段思考，兩個人都沒有說話，「你知道Abouan村和Tomel村合作的事情嗎？」Amui王子說。「知道又如何？」Abok說。「村落結盟，壯大自己的勢力，對其他村落也會有很大的威脅。」Amui

王子說。「那你想如何？跟Abouan村結盟？」Abok說。風從湖面吹來，吹動了Abok和Amui王子的髮，「在與Abouan村結盟之前，我想先和Baberiang合作，共同保護這河中湖水，不被傷害。」Amui王子說。「Baberiang村？」Abok說。「是的，還有在Kakar村山下的Tavocol村。」Amui王子說。「這有可能嗎？」Abok說。「我知道很困難，所以我需要你幫忙。」Amui王子說。「我沒有那個能力。」Abok說。「有，你有，你一直都有。」Amui王子說。Abok看著湖面沒有說話，Baberiang村離Kakar村只有一河之隔，相對Dosach村，共同享有這片湖水。Abok看著Amui王子，眉頭深鎖，也只有Amui王子才想得出來這跨村落的結盟方式，用來抵禦Abouan村和Tomel村的結盟，最好不過了，只是Baberiang村會同意嗎？湖水飄來水紋聲，從天空裡降下一道亮光，閃爍在湖面上。兩人近距離的對話讓Saiyun感到不安，「這樣沒問題吧？」Saiyun說。「應該沒事。」Pahar說。Pahar看著Saiyun，陽光照著她的臉，泛著閃亮的笑容，Saiyun被Pahar看的轉了頭，「回家吧。」Abok叫了她一聲。Saiyun看著Abok，兩人往荒草坡路上離開了。Amui王子和Pahar搭著船伕最後的等待回到Dosach村，河面寂靜又不安靜地跳動著。

湖面隨著樹影搖晃，水波隨著樹影流動，舢舨船在湖面上划過，三三兩兩的村民，剎那間聚集成群，陽光普照湖面的光彩有如天空裡灑下的雲朵和纏繞在山林之中點綴的花朵，又如山林間灑脫自如的雲霧從泛紅黃的色彩變成了黑夜的薄紗遮蓋整座山林，掩蓋整個湖面，在湖面上有跳躍的魚群飛起，

在湖岸邊有細細的飛螢流過，林間草叢裡多了一份神秘，這湖水蘊藏著很多寶貴的生命，而生命也在湖水消失後跟著消失。Abok沿著山路走下來，當Abok來到Kakar村遇見了Kuruten，卻看見Kuruten正在望著湖面嘆氣，不時仰望著天空與湖面之間，「嘆什麼氣啦，這湖水都被你呼乾了。」Abok站在他身邊說。Kuruten看了Abok一眼，「你怎麼來了，你打算跟Amui王子怎麼合作？」Kuruten說。「不知道。」Abok淡淡地說。兩個人靜靜地看著湖水，村民往來在湖上，有的舢舨船行駛在河流通往大海裡去，每當大海掀起巨浪時，村民的舢舨船都會聚集在湖上，這個湖面是最好的避風港，船上裝滿了乾糧、鹿皮，在湖面上交易的村民除了Kakar村以外，還有Dosach村、Baberiang村，沿著河流下去有Assocq村、Dorida村、Tavocol村，直達大海，在Bodor村的礁岩上看見層層波浪襲岸而來，在海岸邊漂流著許多不明物體讓村民的舢舨船常常無緣無故地觸礁，舢舨船常常無緣無故地被大海裡的不明物體撞擊，翻滾，村民常常隻身爬上岸，像在海上歷劫一番，許多村民誤以為有海底怪出現，於是紛紛遠離這海上，來到大湖中，在這個湖聚集了很多交易的商人，來自不同村落的商人。橫跨湖面在Dosach村的那座大山裡，山龍野虎，熊豹盡出，也成了村裡勇士們最佳競技場，奔跑、賽跑，看著湖岸邊盡是村民的農作物層疊不休地逐水草而居，市集裡忙碌的交易著，每戶人家溫飽過日子，太陽在湖面上由白而黃、由黃而黑、由黑而泛白的流動著，從來沒有想過的安逸日子在海上漂來的不明物體中將一一化為湮滅。

「哎呀！」Daha從湖上傳來一聲驚叫。「怎麼了？姐姐。」Moi說。「我的塔塔攸掉進湖裡了。」Daha說。Moi看著湖面正漂著Daha的塔塔攸，閃閃發亮的貝石塔塔攸在湖水的亮光襯托下更顯得突出，當眾人望著Daha的塔塔攸，此刻Abok從湖邊游向湖中央，拾起塔塔攸，靠近Daha的舢舨船，「下次小心一點。」Abok說。Daha接過塔塔攸，看著Abok，小聲地說：「謝謝你。」Abok游回了岸上，拍去身上的水漬，「你沒事吧。」Kuruten說。「沒事。」Abok看著自己又看看四周說。「走吧。」Abok繼續說。Kuruten看著湖上的Daha和Moi姊妹倆，只見Daha露出愉悅的笑容，Abok回頭看著Kuruten，「你在看什麼？」Abok說。「你看。」Kuruten指著湖面上說。Abok向Kuruten指的方向看去，看見湖面上的Daha的舢舨船飛揚的飄盪著，姊妹倆淺淺的笑容融化了勇士們剛毅的心。「那是Baberiang村的方向。」Kuruten說。「好像是。」Abok說。「難道他們是Baberiang村的人？」Kuruten說。「管那麼多。」Abok說。「是不想管，你不是和Amui王子想聯盟村落嗎？」Kuruten說。「聯盟？Baberiang村？」Abok驚呀地說。「是啊，你猜到嗎？」Kuruten說。Abok看著Daha的船漸行漸遠，風從湖面上吹過來，又在山坡上來個一百八十度大轉彎，吹亂了野草，也吹亂了湖面，更吹亂了Abok的心，今夜的星空特別亮麗。

在村落的織房裡編織自己的夢想，村裡的女人手持著塔塔攸掛在頭上，勇士們在集會所裡訓練自己的體能，期待在下個祭典時能表現出最好的一面來吸引村裡女人的目光。站在河

岸上的Amui王子遠遠望著湖面，在山林小溪不斷地沖刷而下的雨水，土石也漸漸沒入湖中，清澈見底的湖面漸漸淤淺了起來，沼澤之地也漸漸地掩蓋了荒草，水鳥棲息覓食佇立在沙地上，Amui王子繞過湖面，向森林小溪走去，沿路奇花異草點點泛紅、泛紫、泛黃、泛綠、泛橙的碎花讓山林活像個天空裡的雲彩，正當Amui王子準備在溪旁喝水解渴的時候突然聽見有人大叫，Amui王子立刻拾起裝備跑向前去，一隻熊走向Daha靠近，Daha害怕地躲在草叢裡，Amui王子舉起弓箭時，準備要射出，熊已經倒地，Amui王子非常驚呀地想是誰有如此好箭法，正想向前走過去看見了Tawo王子靠近熊的旁邊，對著草叢裡的Daha說：「沒事了。」Daha從草叢裡走出來，怯生生地對Tawo王子說：「我叫Daha，住在這附近村子。」「我知道，我的勇士們常常經過這裡，Baberiang村是嗎？」Tawo王子說。「你知道？」Daha狐疑的說。此時Moi跑來看見Tawo王子和Daha，旁邊倒了一隻熊，Moi心裡早已知道怎麼一回事，對Tawo王子說：「謝謝你救了我姊姊。」「你們是姊妹？你好，我是Abouan村的Tawo王子。」「Tawo王子，Abouan村。」Moi說。Tawo王子笑笑，沒有說話，當Tawo王子要準備抬起熊的時候，「需要找人幫忙。」Daha說。Tawo王子看了Daha一眼，「也許吧！」Tawo王子放下了熊說，此時Amui王子出現了，Tawo王子也看見了他，「但不知這熊要往哪去？是Abouan村？還是Baberiang村？」Amui王子說。「這隻熊還沒有斷氣，放回山林裡去或許可以保護村落。」Tawo王子說。「放回山林？」Daha說。「熊只是出來覓食而已，不會侵犯我們，除非我們先侵害了牠。」Tawo王子說。「真不愧是Tawo王子，令我佩服，愛動物如愛村民，我是Amui王子，住在Dosach村。」Amui王子說。「幸會。」Tawo王子說。Tawo王子伸出手向Amui王子示好，表示敬意。兩人合力為熊禱告，並將這熊放回山林之中，熊的寶寶在山中的矮木旁看見了這一幕，非常感動，Moi拿著藥草為熊敷上剛才的箭傷，就這樣熊在草叢裡等待家人尋獲，Tawo王子也順著山路回去Abouan村，途中遇見了Adawai，Adawai對他又氣又叫地，「跑去哪，也不說一聲。」Adawai說。「沒事，回去吧。」Tawo王子說。另外一方面Daha和Moi姊妹也在Amui王子的護送下回到了村子口，Amui王子自己則順著草澤地沿著湖岸走回村子，在山路遇見了Pahar，Pahar看見Amui王子，「怎麼了？發生什麼事？」Pahar說。「沒事，回去吧。」Amui王子說。在這條山坡荒草遍野的山路Amui王子邊走邊對Pahar說：「猜，我剛才遇見了誰？」「誰？」Pahar說。「Abouan村的Tawo王子。」Amui王子停下腳步說。「咦？」Pahar輕嘆了一句。「我知道你不相信，我自己也很意外。」Amui王子。「Tawo王子到這裡來，一定有目地，聽說Abouan村的勇士常常在沼澤地巡邏，莫非他也想佔領Baberiang村嗎？」Pahar說。「佔領？不要亂講，人家好心救了Baberiang村的村民。」Amui王子說。「可是…沒聽說先掌握人心再掌控村落嗎？」Pahar說。Amui王子看著Pahar一眼，沒有再說話。山林裡的風隨天幕漸漸泛黑而變天，「風變大了，回去吧。」Amui王子說。Amui王子想著Pahar的話，又想著今天Tawo王子在沼澤旁那一幕，不知Tawo

王子是敵是友？風順著河流，順著山邊吹過，吹過沼澤，吹過荒野，吹過山坡，吹過村落，在無法得知對方的心思之下Amui王子在自家住處引頸相望，希望Tawo王子不會傷害自己的村落。另一方面Abouan村的Tawo王子見到Amui王子，漸漸對湖中懷想有了深刻印象，Abouan村長年靠著溪流的獵獸和捕撈，對於Dosach村在湖面上捕撈以及湖岸邊耕種的情形，諸多嚮往，若是兩村聯合起來打造一個村落聯邦，這樣村民也有較大的生活網，較多的生活商圈，活絡兩村的繁榮，Abouan村自河流暴漲淹沒很多村莊後，有了很大的改變，依山建村，依水汲水的習慣還是不變，在山谷裡封閉了村民的視野，需要和其他村落往來才是最好改善生活的方式。

依山建村也是Dosach村的特色，Amui王子站在山坡上遼望著湖中央，舢舨船點點來回的穿梭著，沒有人能預估的事情即將發生，Amui王子在Dosach村和Kakar村的四周建起了竹架高台，每天都有勇士們負責看守，若有發現村外的任何狀況就趕緊通知村民和巡守隊，當Kakar村的瞭望高台發現了湖中有不明物體出現時，Abok立刻趕到現場，站在高台上張望，「那是什麼？」Abok說。「看起來像怪物的東西。」Kuruten說。「這未免太龐大了，伸出一隻手就可以掀起巨浪，趕緊通知村民離開湖邊，派人通知Amui王子。」Abok說。「是。」Kuruten應聲說。湖裡的怪物仍然佇立不走，時而潛入湖裡，時而浮出水面，Amui王子得到Abok的通報之後，立刻趕往湖邊的高台，看著湖裡的怪物時而浮現，時而沉浸，心中不免有了擔心，再過不久是村裡舉辦慶典的時候，此時出現怪物，勢必影響村民的心情，為了讓村民能安心舉辦慶典，Amui王子決定請大祭司向天神祈福，祭天神以佑村民。Amui王子來到祭壇前，大祭司口中喃喃有詞咒語，湖裡的湖怪突然靜了下來，大祭司立刻面難色的看湖裡怪物，大祭司轉頭對Amui王子說：「王子，湖裡面的是一隻湖怪，湖怪是現身警告大家的，因為村裡將發生不幸的事，這件事攸關村落的存亡。」「村裡即將發生大事？究竟是什麼事？」Amui王子說。大祭司口中念著咒語，湖裡的湖怪放低的身體潛在水裏，只露出頭和眼睛看著Amui王子，Amui王子突然感覺心一陣劇痛，湖怪閉起眼睛，「湖怪眼睛閉起來了。」村民說。大家望著湖裡的湖怪，似乎睡著了，不一會，湖怪又張開眼睛，湖怪又浮出頭和頸部，此時Amui王子的心劇痛得更厲害，Amui王子支持不住了，臉露蒼白，Abok看見Amui王子的樣子，「Amui王子怎麼了，不舒服。」Abok說。Abok立刻指示村醫前去看診，「沒關係的。」Amui王子說。雖然感覺劇痛卻不是持續，斷斷續續地，Amui王子覺得湖怪好像有話要對他說，於是，Amui王子將手中的帽飾交給Pahar，箭交給Abok，一個人離開祭壇往湖邊去了，「王子。」Pahar叫了一聲。Amui王子轉頭看著大家，「沒事的。」Amui王子說。當Amui王子靠近湖岸邊的淺水灘，湖裡的湖怪立刻站了起來，推動了湖水，掀起浪紋，「沒事吧。」Pahar說。「不知道。」Abok說。湖怪伸出了手向Amui王子拋過去，將Amui王子捲了起來迅速地在眾人的眼前沉入湖底。「這…這怎麼回事？王子呢？」Pahar驚慌地說。村民見Amui王子不見了，也議論紛紛著，Abok對大祭司說：

「大祭司，你應該可以告訴我們Amui王子到哪裡去了？」大祭司在祭壇前又施了咒語，過了一會，大祭司露出笑容對Abok說：「放心，Amui王子現在很安全，是湖怪邀請王子到湖裡作客去並且還要幫助王子度過即將發生的大災難。」Abok看著大祭司，又看看湖面，湖面此時平靜無波，好像什麼事也沒發生過，Abok還是叮嚀巡守隊繼續注意湖裡的狀況，大祭司收拾祭壇要離開湖邊，Pahar看見大祭司的動作，「大祭司，王子還沒有回來，你怎麼可以離開？你應該等王子…。」Pahar說。「王子會平安回來的。」大祭司說。「這麼肯定。」Pahar說。「Pahar，讓大祭司回去。」Abok說。大祭司離開之前，高舉雙手的說：「大家安心回去家吧！我們Amui王子會平安的回來和大家一起守護這個大湖與村落以及這一片美麗的山林。」村民議論四起，Abok看著平靜的湖面，很想下去湖底，但是，要去哪找Amui王子呢？天空突然射下一道光芒，這光芒延伸到Dosach村和Kakar村的山林中。

湖怪將Amui王子放在一個石林空地，Amui王子躺在地上，當他清醒的時候，眼前看見許多石柱，Amui王子站起來想四處探尋出口，此時Amui王子發現心口上的劇痛不見了，也沒有看見湖怪，這裡是什麼地方？Amui王子看著石牆前方有一道門，他推開這道門，Amui王子發現這道門很難推開，就在這時候有幾個看似人形的怪獸走過來，其中一個怪獸說：「王子，統領大人等你很久了。」Amui王子正在懷疑統領大人的時候，門被推開了，Amui王子跟這幾個怪獸走進去了，石門立刻關起來了。Amui王子看著這地方，侍女站兩旁，儼然是一座地底宮殿，富麗輝煌的裝飾，讓Amui王子看得有些驚呀，坐在正前方位置的應該就是怪獸說的統領大人，Amui王子向統領大人行個禮，統領大人也對著Amui王子面露微笑，這個笑容讓Amui王子有些害怕，又感到親切，「你是Amui王子嗎？」統領大人說。「是的。」Amui王子說。「很抱歉，讓湖怪把你帶來。」統領大人說。Amui王子看了四周卻沒有發現湖怪，「你一定很奇怪，為什麼要將你帶到這裡來。」統領大人說。「是很奇怪，而且當湖怪看我的時候，我的心竟然會劇痛。」Amui王子說。「那表示你就是大湖真正的守護者，湖怪在找牠的主人。」統領大人說。「大湖的守護者？我不明白什麼意思？」Amui王子說。「在不久的將來，這大湖會被淹沒，Dosach村的那座山會崩塌。」統領大人說。「Dosach村那座山會崩塌？」Amui王子說。「所以我要你把Dosach村遷移，遷移到後面那座山，重新建立新的村落。」統領大人說。「重新建立村落？」Amui王子說。「是的，連Baberiang村也要協助他們遷村。」統領大人說。「Baberiang村也會有危險？」Amui王子說。「這大湖即將被大山淹沒，形成一條河，Dosach村和Kakar村就靠這條河流過日子，然而Baberiang村從沼澤地遷移到Kakar村的旁邊，以後兩村就是近親了。」統領大人說。「我還是不明白統領大人的意思。」Amui王子說。「沼澤地將被淹沒變成荒地，大湖漸漸變小，那裏將是Dosach村生活耕種的地區。」統領大人說。「那這是好還是不好？」Amui王子說。「這裡將變成一塊很富庶的地方，供村民安居樂業，駐守千年沒有問題。」統領大人說。「Dosach村是千年村落？」

Amui王子說。統領大人看著Amui王子說：「是一個歷久不衰的千年王國。」「王國？」Amui王子說。「不過，你必須先躲過這場災難才能完成。」統領大人說。「你是說遷村？」Amui王子說。「嗯。」統領大人點點頭。在Amui王子心裡也不知道是好還是不好的預感，總之，統領大人說的那個千年王國是怎麼一回事？難道在我們村落裡會出現國王來領導？當Amui王子心裡面想著的心事，被統領大人看穿了，統領大人看著Amui王子，「不必害怕，也不須擔心，只要做好遷村，安頓好村民就可以了。」統領大人說。統領大人叫了那些怪獸，「把他送回去。」統領大人對著怪獸說。「是，統領大人。」怪獸說。Amui王子跟著怪獸來到剛才進來的大門邊，統領大人手一揮，怪獸和Amui王子不見了。統領大人露出笑容，身旁的侍衛想說又止住了，「你去調查天神的旨意，大地之王降臨了沒有？」統領大人說。「是。」侍衛說。侍衛瞬間消失了，統領大人深謀的眼神，莫非是在等待大地之王降臨？

這條河流上依然穿梭著Dosach村和Kakar村的村民，Baberiang村的村民順著草澤地，沿著河流在一處山坡地休息，不一會，在Dosach村的湖岸旁出現了一個人，村民紛紛聚集，放下舢舨船，注意躺在湖邊的這個人，「是Amui王子。」有村民眼尖一眼就認出是Amui王子，於是差人通知大祭司和Abok，當村民想扶起Amui王子，Amui王子醒來了，睜開眼看著大家，「王子，還好吧？有受傷嗎？」村民說。Amui王子站起來，拍拍身上的泥土，「我沒事，身為村落王子，竟然讓大家擔心，我實在不能做一個王子。」Amui王子說。村民沒有說話，Amui王子繼續說：「不過現在開始，我將和大家建立起一個繁盛千年的村落王國。」村民高興地歡呼起來。此時，大祭司來了，「大祭司。」Amui王子看著大祭司說。「恭喜王子平安回來。」大祭司說。「大祭司你應該收到天神的旨意了吧？此次我平安歸來的目地。」Amui王子說。「是的，王子，大祭司這就去準備了。」大祭司說完，就離開了。Amui王子也在村民的圍繞下回到市集。

回到Dosach村的Amui王子一直在住處反覆思索統領大人的話，Dosach村即將發生大災難，你必須用你的智慧做出抉擇，迅速遷移你的村落，保護你的村民。Amui王子反覆苦思著這句話。令他不解的是，統領大人只給自己兩個月的時間遷村，時間上，是太急促了些，若是Kakar村可以幫忙的話，或許勉強還可以，只是要搬遷的村落不只有Dosach村而已。村裡的人見Amui王子足不出戶，真怕有災難要降臨了，大家沒有去責怪Amui王子，Pahar眼看著Amui王子已經足不出戶好些天了，很想找他問個明白，又怕問不出答案，為了這件事，Pahar只有單獨來到Kakar村找Abok商量，希望Abok能夠為他解開這個謎團。「你說的是真的？」Abok說。「就是那天湖怪不知道帶Amui王子去哪裡，回來之後，Amui王子一個人關在家裡有好些天了。」Pahar說。「肯定出事了。」Kuruten說。「是出事了，而且這事正在考驗著Amui王子。」Abok說。「考驗？你是說湖怪在考驗王子？」Kuruten說。「嗯，不管怎樣，相信Amui王子一定會做出正確的選擇，我們只要協助他就可以了。」Abok說。「到底是什麼事？」Pahar說。什麼事讓Amui

王子可以沉靜這麼多天，什麼事讓Amui王子能夠足不出戶的把自己關起來不見任何人，當Abok和Kuruten為了這件事感到納悶的時候，村裡來了人要找Abok，是Dosach村的巡守隊員，告訴Abok說：「Amui王子要召開村落會議，希望各村住戶都能參加。」Abok送走了巡守隊員，面容沉悶，「召開村落會議。」Kuruten說。「我得回去了，Amui王子要召開會議，或許我還能先知道些什麼。」Pahar說。「突如其來的決定，想必是有大事要發生了。」Abok說。Abok凝神的目光像靜止的時間，想著這美麗的大湖有什麼災難要來嗎？Kuruten看著沉默不語的Abok，深深嘆了一口氣。

村裡市集擠滿了人潮，眾人議論紛紛，每個人都在討論著Amui王子自從在湖邊失蹤後的情況，回來之後就變了樣了，平時都在村裡巡視，打獵的Amui王子，竟然能夠數天不出門，現在離開住所就要召開村落會議，是不是有災難來臨了，人心惶惶的村落市集，除了少數商人的買賣，大多數也無法正常捕魚和打獵，只守在村落市集等待Amui王子公佈的事情。Abok和Kuruten兩個人也來到了大湖邊和Amui王子會合，這個時候聚集了許多人，Amui王子和大祭司站在村民的面前公佈上次在湖邊發生的事情，Amui王子說：「各位村民，上次在湖裡看到的怪物其實不是什麼怪物，牠是湖裡的神物，長期以來一直在湖底守著大湖，守護著大家，也因為有這隻湖怪所以村民才得以平安，不受侵略。」「那為什麼要抓走王子呢？」有一村民說。「是啊。」又一村民說。Amui王子看見大家一言一句地說，「那是因為村落即將發生災難，牠是來警告我的，要我盡早提出防範，以免村落被毀滅。」Amui王子說。「災難？」村民說。「那要怎麼防範這場災難？」Abok說。Amui王子聽到Abok這句話感到很安慰，不過怎麼防範這也是村民的疑慮，「我考慮遷村，把Dosach村從目前的湖邊山坡地移往後面那座大山的山谷，重新建立一個新的村落，Kakar村也要往山坡上移一點，至於Baberiang村和Babosacq村也要移往山坡上重新建村。」Amui王子說。「什麼遷村？」村民說。「果然是一件大事。」Abok喃喃自語地說。「你想村民會同意遷村嗎？」Kuruten說。「你沒看見大祭司也在嗎？」Abok說。「Amui王子想透過大祭司讓村民遷村，遷村要渡湖、渡河。」Kuruten說。「Babosacq村渡河建村談何容易？」Abok說。「除非移往Dorida山坡下，應該不用渡河了。」Kuruten說。「我們必須在兩個月內完成遷村。」Amui王子重話一說。村民目瞪口呆，傻眼。「兩個月？這怎麼可能？」「是啊，兩個月怎麼可能？」村民一言一句地討論著，只見大祭司高舉雙手的發出咒語，然後說：「各位村民，現在回去就準備收拾家中物品，等著遷村，相信Amui王子會重新建立一個安全無虞的村落，希望各位村民從現在起等待Amui王子的指示。」大祭司雙手放下。似乎也平息了村民的擔憂。「從現在起巡守隊員繼續在村落間負責村民的安全，有需要幫助的村民就告知巡守隊員，我會派人協助的。」Amui王子說。村民雖然有些不安，不過在大祭司的保證下，還是忐忑的回家了，Amui王子知道這並不能消弭村民的不安，必須儘快找到方法，順利且平安的幫助村民遷村，好讓村民儘快回到正常的生活。當Amui王子準備離開時看

見Abok，「Abok，等一下。」Amui王子說。Abok看了Amui王子一眼，然後說：「這樣沒問題吧？」「我有話要跟你說。」Amui王子說。於是Amui王子和Abok走到湖邊一處角落，Pahar和Kuruten在遠處望著他們。Amui王子看著湖面許久時間，「你不是也很好奇，為什麼要遷村？」Amui王子說。「是啊，誰都會好奇。」Abok說。「到底我得知一個訊息說Dosach村的這座山即將崩塌，淹沒這大湖。」Amui王子說。「山要崩塌？」Abok說。「雖然不太相信，但我不能拿村民的生命開玩笑，所以我必須相信，而且要這麼做。」Amui王子說。「你打算怎麼做？」Abok說。「派人到各村落請他們救援。」Amui王子說。「你是說……。」Abok話到嘴邊止住了。「你負責Babosacq村的遷移，盡Kakar村的一切人力物力盡力達成，有需要我會和Tavocol村的王子聯絡，請他們協助。」Amui王子說。「Dosach村呢？」Abok說。「我已經派人去Abouan村找Tawo王子請求支援了，很快就會有消息了。」Amui王子說。「Tawo王子？很久以前也因為河水暴漲淹沒村落而大舉遷移Abouan村的Tawo王子。」Abok說。「是。」Amui王子說。湖水很平靜，沒有風浪使Amui王子想起統領大人的話，遷村是為了建立起繁盛千年的村落王國，現在期待繁盛千年的王國似乎還太早，為什麼是Amui王子能感應預知能力，莫非村落王國的創建者是Amui王子？

在湖岸邊的Daha和Moi兩人如往常一樣撿拾湖中貝類和魚蝦，「姊，你知道我們要遷村嗎？」Moi突然冒出這句話。讓湖邊的其他女子也好奇了一下，「遷村？」村婦說。「是啊，之前Amui王子說要將Dosach村和Baberiang村遷移到山上去。」村民說。「在湖邊不是挺好的，幹嘛遷村？」Daha說。「也是啊，遷村就不能到湖邊來了。」Moi說。「就算來，離湖邊也很遠的。」村民說。湖邊的水草隨風搖曳著，湖面上的水紋漸漸從湖面到水草邊，誰能知道水草在陽光的照射下顯得像一支支鋒利的刀刃狠狠地劃過湖面，刺穿了沼澤地。陽光穿過空氣狠狠地在竹林裡照射，從竹屋裡瞭望著山下，看著河流和村落市集，忙碌的生活已忘記曾經發生過的事情，Tawo王子在屋內感慨著。這竹屋是村民在山林裡往返途中打獵休息用的，Adawai從外面走進來，Tawo王子看見他喘呼呼的，「發生什麼事？」Tawo王子說。「這，Amui王子派人來找你。」Adawai說。「Amui王子？」Tawo王子驚呀地說。「嗯。」Adawai點點頭說。「在哪？」Tawo王子說。Pahar立刻從屋外走進來，「我們王子有書簡要給Tawo王子。」Pahar拿出一張獸皮交給Tawo王子。Tawo王子接過獸皮，上面寫著密密麻麻的字，Tawo王子時而驚呀，時而平靜的表情讓Adawai和Pahar感到十分震驚。「王子，什麼事？」Adawai說。「Amui王子要我們派人幫忙遷村。」Tawo王子說。「Tawo王子意思如何？」Pahar說。「遷村？這不是開玩笑吧？」Adawai說。「Tawo王子要是覺得不妥，Amui王子會另想辦法，不會為難Tawo王子的。」Pahar說。「回去告訴Amui王子，我會全力協Dosach村遷村的。」Tawo王子說。Adawai和Pahar看著Tawo王子，Tawo王子看著Amui王子書簡上的話又想起不久前大將軍對自己說的話，建立村落王國和守

住這片美麗山河要各村落的人民一起努力，身為村落王子更應該有義務去實踐它。風吹過河流沼澤地觀望的Amui王子，突然被村民的吵雜聲喚醒，「真的要遷村啊？」「不遷村會有災難。」「我住了這麼久沒見過災難的。」村民一句又一句的穿過Amui王子的腦海中。Pahar喊了幾聲才有了回應，「在想什麼？那麼入神？」Pahar說。Amui王子看了四周，長嘆一口氣，村民陸陸續續在沼澤裡穿過，「怎麼樣，Tawo王子答應了嗎？」Amui王子說。「答應了，Tawo王子還會全力協助王子呢。」Pahar說。Amui王子總算放下了一顆心，「走，陪我去一個地方。」Amui王子說。「去哪？」Pahar說。「去Tavocol村找Abuk王子。」Amui王子說。「Tavocol村？」Pahar的話還沒說完，Amui王子已經向Dorida山走去了，Pahar只好跟上前去。這條通往Dorida山的路途中不知還會發生什麼事？風從河流上吹過來，又從沼澤吹過去，又向山坡方向吹過，拂過每個村落的角落。

荒草地瀰漫著每個村民的氣息，微微吹著大地的氣息，風總是用不規則的聲音在呼叫Pahar和一群巡守隊感覺到這荒野之地充滿著不安的氣息，Amui王子突然停下來，「怎麼了？」Pahar說。「等等。」Amui王子說。「再過去一點就是河邊了。」Pahar說。Amui王子張望四周，看著四周環境，腳步聲漸漸接近，「有人來了。」Amui王子說。巡守隊提高警覺，在相互注視之下，果然有一群人從前方過來，這一群人看見Amui王子，在不熟悉的情境下，雙方幾乎是處在劍拔弩張氣氛下，「收起來。」Amui王子先下令收起武器。對方眼見Amui王子的舉動說：「收起來。」此時才緩和了氣氛。「我是Dosach村的Amui王子，不知你是…？」Amui王子說。Abuk王子端視著對方，Pahar怒視著Abuk王子說：「你到底是誰？」「Pahar，不要這樣。」Amui王子糾正了Pahar。「王子確實是不一樣，你好，我是Tavocol村的Abuk王子。」Abuk王子說。Amui王子有些驚呀地看著他，心裡想著自己正要找的Abuk王子在這地方碰到。「很抱歉，冒昧打擾貴村，因為我正要去Tavocol村找王子你，想不到在這遇見你。」Amui王子說。「是嗎？我常常渡河過來巡視村落。」Abuk王子說。Amui王子看一看四周，遠處有一塊平地，對Pahar說：「你先去那裏等我，我有事要跟Abuk王子說。」Pahar看了Amui王子，雖然不是很滿意，但還是照做了。此時Abuk先讓身邊的人離開，只留下Amui王子和Abuk王子兩個人，Abuk王子看著Amui王子，「說吧，有什麼事需要只有我們兩人知道而已。」Abuk王子說。Amui王子呼嘆一口氣說：「我是為了遷村的事來找你的。」「遷村？我聽說了，Dosach村要遷，怎麼連Baberiang村也一起遷呢？」Abuk王子說。「這就是我來找你的真正原因。」Amui王子說。「真正的原因？」Abuk說。Amui王子把自己在湖底和湖怪的事告訴Abuk王子，大山會崩塌，淹沒大湖，Baberiang村會被淹村的災難都說給Abuk王子聽。Abuk王子雖有不信的心，但是最近村民確實有看見湖怪在湖底出現的事情，Amui王子被授命要各村落遷村，又統領大人是誰？村落王國又是什麼？聯合村落守護家園也是Abuk王子一直想做的事，那這村落王國的統治者，是誰？Amui王子嗎？為什麼Amui王子被指定

湖怪的守護者？Abuk王子太多疑問在心裡，但是卻不敢拿村民的生命開玩笑。「好吧，我答應你，會派人協助Baberiang村的。」Abuk說。Amui王子聽到Abuk王子的回答，立刻露出了笑容。這只是個開始，以後Abuk王子和Amui王子還有很多事情要合作，許多困難正準備迎向他們。

隨著與統領大人約定的時間越來越接近，準備搬家的動作也在整個村落活躍起來，後面大山山谷有村裡的勇士們幫忙蓋村屋，在所有村屋都建好之後，所有村民都住進新的村屋，Dosach村就會有新風貌，順著山坡路就可以到湖邊，村民生活區域更大、更寬廣，Amui王子站在山坡上交待巡守隊員沿路守著，有問題隨時報告，確實掌握遷村狀況。Kuruten一個人負責將Baberiang村的新村屋建造好，於是Kakar村的勇士協助Baberiang村的勇士建立新的村落，日後供Baberiang村的村民居住。Amui王子和Abok站在湖岸邊，相望湖面，湖怪在湖底慢慢移動著，有些不安份地想衝出水面，Amui王子的心也微微陣痛著，當他意識到：莫不是湖怪要出現了。Amui王子非常震驚的表情，「今晚，我們要去哪？」Abok說。「你想呢？」Amui王子說。Amui王子向湖邊船頭走去，Abok跟著他後面，「你要渡河？」Abok說。「不是，我感應到了湖怪出現在湖底。」Amui王子說。「湖怪又出現了？」Abok說。就在Amui王子感應到湖怪出現的同時，湖怪浮出水面了，在湖邊的村民嚇得跑開了，在遠遠的岸上望著湖怪，Amui王子看著湖怪，當Amui王子發出心靈召喚時，Abuk王子剛好出現，Abuk王子很好奇Amui王子會對湖怪做什麼樣的動作，Amui王子沒有心痛的感覺，湖怪漸漸沉入湖底，只露出一個頭看著前面，湖怪安安靜靜的閉上眼睛，Amui王子想要渡河，於是坐上一艘舢舨船，Abok也跟著上船，Abuk站在河岸邊，遠遠看見從河的下游來了一艘船，這艘船和Amui王子的船在Baberiang村岸邊停靠。Amui王子看著一整排的竹筏，村民向Amui王子報告說，這是要幫村民渡河用的竹筏，等搬遷的時候，村裡的勇士會送著村民安全過河。Amui王子點點頭表示，摸著竹筏，看看牢不牢靠，「太慢了，來不及了。」從河下游來得這艘船上的人說。Amui王子看著他，那人向湖裡望去，湖怪靜止不動地浮在水面上，「湖怪是出來警告的。」Aslamie王子說。「湖怪出來警告，你知道什麼？」Abok說。「你好像知道什麼？」Amui王子說。「看你，一定是相傳湖怪守護者Amui王子，我是Dorida村的Aslamie王子。」Aslamie王子說。「你知道什麼？」Amui王子沒空理他，直問著他。「用竹筏渡河太慢了，必須在河上建一條橋，讓村民安全過河。」Aslamie王子說。「建橋。」Amui王子說。用這些竹筏固定在河岸兩邊。」Aslamie王子手上拿著一根竹子插進河中央又拔起來繼續說：「必須做比這河水高度還要高的竹筏才能幫助村民渡河。」「這些竹筏就夠了，為什麼還要做？」村民不耐煩地說。Amui王子看著Aslamie王子，「必須在兩天內不眠不休，日夜不停地完成這座橋。」Aslamie王子說。「日夜不停？」Abok說。「湖怪是出來警示大山要崩塌了，我也感應到了大地在震動了。」Aslamie王子說。「什麼？」Abok說。「所以必須聯合各村一起建造這座橋。」Aslamie王子說。Aslamie王

子上了岸，拔起一根樹枝在一處泥灘地上畫了起來，然後對Amui王子說：「必須建一條像這樣的橋。」Amui王子看著比自己年輕的Aslamie王子在地上的畫，這大膽的畫作。「照著做吧！」Amui王子說。「王子。」村民說。「我知道單憑大家是不夠的，我會讓Abok協助你們，另外找Abuk王子和Tawo王子派人來幫忙。」Amui王子說。「我也會派人過來協助。」Aslamie王子說完，就走到岸邊繫好船，Aslamie王子向湖怪看了一眼，湖怪始終瞇著眼，順著山坡路回村落，臨走前說了一句：「大地要震動了，大家要做好準備，記得通知Tawo王子和Abuk王子做好村落的防護工作。」Aslamie王子說完，就離開了。Amui王子十分好奇，為什麼Aslamie王子會說大地在震動，那跟統領大人說的大山要崩有關係嗎？正當大夥為了Aslamie王子的話起疑的時候，湖面起了漣漪，地面也微微搖晃了一下，大地果然震動了，村民驚呀地說不出話來，湖怪也在此時沒入了湖底，湖怪就在大家的眼中漸漸沒入湖底，Amui王子突然想起Aslamie王子的話，大地要震動了，湖怪出來警告，難道Aslamie王子能夠感應到湖怪的心思？剛才大地果真搖晃了，湖水也擺動了，接下來，接下來不就是大山的崩塌，當Amui王子沉思之際，Abok走過來，站在他旁邊，「到底要怎麼做？大地和湖水都搖了。」Amui王子說。「相信你會想出好方法的。」Abok說。「我現在也不知道怎麼辦？Dosach村怎麼樣，沒事吧？」Amui王子說。「雖然是搖了一下，大家還是很驚慌。」Abok說。Amui王子看了他一眼，「不過村民被這一搖晃更加相信王子說的話，遷村是為了村落的安全，所以就不再抱怨了。」Abok繼續說完。Amui王子移動了腳步，看了Abok，「謝謝你。」Amui王子說。一陣風吹得強勁使湖面掀起波紋，「夜裡風大，河面不穩，走。」Abok說。Abok和Amui王子兩個人往岸邊上了船，Amui王子像等待已久的船伕致歉。船靜靜地划動在湖面，湖水悄悄地發出聲音，這湖岸傳來不同的交響聲，傳達著村落的生活。

河水依然聞風靜止，村民忙碌的生活沒有停止，為了建橋渡河，日以繼夜的工作，有人病倒了，Daha就在村裡組成一個救護站，只要村民受傷、病倒，都可以在這裡受到很好的照顧，Daha怕人手不夠，讓Moi到村外尋找要到救護站的女子，Moi果真在Baberiang村找到了幾個年輕女子來幫忙，也有一些年長的女人要來幫忙照顧，讓Daha非常感動，正忙著為病患煎藥的Daha無暇顧及別的事，吩咐Moi要注意病患的身體變化。受Amui王子的邀請巡視著建橋一事的Abuk王子正在巡視建造的速度，驚人的合作力量，村民幾乎已達成了一半的進度，再過一天只要將兩邊的竹筏連接起來，就是一座跨河大橋了，這一座由村民親手建造的竹橋，走起來一定特別興奮，Abuk王子看見救護站裡的Daha穿梭在病人間，餵食湯藥不免感動起來，Moi首先看見Abuk王子，「Abuk王子來了。」Moi說。Abuk才走進救護站，「大家辛苦了。」Abuk王子說。「橋那邊的事還好吧，村民都受傷了。」Daha說。「橋好像快好了。」Abuk王子說。「是嗎，那太好了，新的村屋呢，建好了嗎？」Daha說。「姐，你放心，昨天我才去看過新建的村屋喔，就在Tavocol村旁邊，以後那裏就是我們Baberiang

村民新的家。」Moi高興的跟Daha說。Abuk王子看著病患，又看看Daha，「村民沒問題，倒是妳瘦了不少，難道要我向Amui王子報告說你為了遷村的事不眠不休地生病了，讓他擔心。」Abuk王子說。「Abuk王子。」Moi叫了一聲。「我沒關係，你告訴Amui王子說我很好。」Daha對Abuk王子說。「為了Amui王子，你要照顧自己的身子，你又不是不知道Amui王子的心。」Abuk王子說。Daha聽完Abuk王子的話，沒有再說什麼，突然一個小孩昏倒了，村民哭喊著，「我去看看。」Daha說完就跑過去了。Abuk王子看到這情況，Moi站在他旁邊，「我姊怎麼會不知道Amui王子的心，如果Amui不是王子，只是一個平民百姓就好了。」Moi說。Abuk王子看了Moi一眼，「Daha真的知道Amui王子的對她的心意？」Abuk王子說。「身為王子是村落眾多年輕女子傾慕的對象，更何況Amui王子又這麼年輕有為，又體恤村民，在Dosach村早就傳開了，在Baberiang村有誰會和Dosach村民爭奪Amui王子，除非Amui王子能公開表態。」Moi說。「這樣說來身為王子也是一種罪過，我希望我不是。」Abuk王子說。「咦？怎麼說？」Moi有點淺笑地說。「這樣我就可以跟你大方的談感情了。」Abuk王子笑著對Moi說。那淺淺笑容的眼神看的Moi有點不自在，「你愛開玩笑。」Moi說。聽到有人叫說，Moi立刻對Abuk王子說：「我去忙。」看著Moi的背影，Abuk王子始終露出淺淺笑意和情愛之心。

一個人坐在屋內，想著前幾天才發生大地搖晃的事情，Tawo王子想著這個大地晃動的事連Abouan村都感受的到，不免想起Amui王子的話，Dosach村大山要崩塌了，淹沒大湖，這樣Abouan村會影響多大呢？Abouan村才歷劫大水患沖刷淹沒了對岸的村落，現在又要面臨大山的崩塌？Tawo王子不能眼Abouan村的淹沒，於是派了Adawai繼續去巡視各村落住戶，有需要遷移的就和Dosach村的住戶一樣立刻遷移，Tawo王子讓Adawai在村落裡加強訓練巡守隊勇士，以利救援。當Tawo王子想得出神的時候，Siro出現了，「在想什麼？」Siro說。「你來了，一切都還好吧。」Tawo王子說。「都照你說的，對於上次大地搖晃一下，村民不信也不行。」Siro說。「只是湖怪還一直出現。」Tawo王子說。「湖怪出現不是在提醒我們嗎？」Siro說。「是啊，要是大湖被淹沒了，湖怪也會不見了，以後有什麼災難也沒有湖怪的預警了。」Tawo王子說。 Siro沒有說話，看著Tawo王子，Tawo王子突然想起Amui王子的話，村落王國，一個繁盛千年的村落王國。巡守隊員屋外報告，Tawo王子讓他進來，「什麼事？」Tawo王子說。「是Amui王子派人來。」巡守隊員說。Abok出現在屋內，向Tawo王子致敬之後說：「Amui王子需要Tawo王子派人幫忙巡視Baberiang村，因為明天是Baberiang村全村渡橋過河的日子，Baberiang村巡守隊員因為要協助村民渡河，無法巡視，所以請Tawo王子幫忙。」Abok說明了來意。「我知道了。」Tawo王子說。「聽說這次Tavocol村的Abuk王子出了不少力。」Siro說。「Abuk王子真的是盡心盡力，讓Tavocol村村民幫忙建村屋和建橋。」Abok說。「身為王子應該要這樣，年紀輕輕的Abuk王子，真的不簡單。」Tawo王子說。

「Tawo王子也很愛護村民不是嗎？其實Abouan村民也是很幸福的能有Tawo王子這麼體恤村民的王子。」Abok說。一陣寒喧之後，Abok看了屋外，「我該回去了。」Abok說。「我送你。」Tawo王子說。Tawo王子送Abok到屋外，Siro目送著他們，然後跟在後面。

巡守隊員向Amui王子回報，村民已經陸陸續續的住進了後面大山新建的村屋，站在河岸的山坡上，Amui王子仰望著天空，俯瞰著河流，面對這一座即將崩塌的山會是什麼面貌？Amui王子交待巡守隊員，囑咐村民近日少去大湖那裏，在旁邊的溪流活動就好。接著Amui王子來到Kakar村，以加快的腳步到達Baberiang村新建的村落，途中遇見了Saiyun，Saiyun看著Amui王子急忙的腳步說：「這麼急要去哪？」Amui王子看著Saiyun，「一個人怎麼到處跑？」Amui王子說。「這要怪王子啊，把我哥給佔去了，也不陪我。」Saiyun撒嬌地說。想想最近為了遷村的事也讓Abok夠忙了，無暇照顧自己的妹妹，有點對不住Saiyun，「不用擔心我。」Saiyun說。Saiyun看著發呆的Amui王子。Amui王子被這麼一說，忽然回神了，「其實我也在Kakar村附近建立一個救護站幫忙受傷的村民，你看，就在那裏。」Saiyun指著Amui王子要去的路一個遠處說。「是嗎？」Amui王子輕回一句。「我現在是要回村裡拿藥草回救護站的，因為救護站藥草不夠，王子要跟我一起去拿嗎，然後再去救護站。」Saiyun說。「好。」Amui王子不禁意地說。兩個人就並肩走在山坡路上，雖然看新村落很重要，但是先醫治受傷和病倒的村民更重要。

這條河果然寬大，連起來的橋也很大，陸陸續續Baberiang村的村民都搬過河來到新村落，Abok和Kuruten兩人在橋上觀望著，又回到岸上，「幸好這湖水沒漲，要是漲了，這怎麼過河。」Kuruten說。「湖水漲了還沖壞了橋，又要重做，才累人，村民已經疲累了。」Abok說。Kuruten跟一位巡守隊員說話，Kuruten 說完，向Abok靠近，「怎麼？還有多少村民還沒過河？」Abok說。「剛才回報說有五、六十位村民，如果天黑之前，應該還有二、三十名要在原來村落過夜。」Kuruten說。「天黑就不要過橋了，以免危險。」Abok說。「是。」Kuruten回說。Abok看了四周說：「Saiyun呢？」Abok說。「大概在救護站吧，她一直都在那。」Kuruten說。Abok往救護站走去，看見Amui王子走過來，「Abok，一切順利吧。」Amui王子說。「順利，明天就可以全部住進來了。」Abok說。「我就放心了。」Amui王子說。Saiyunh從救護站出來，「哥。」Saiyun叫了Abok一聲。「Saiyun把受傷的村民照顧得很好。」Amui王子對Abok說。「我以為她只是愛玩而已。」Abok說。「才不呢，Daha在Baberiang村救護站做得比我好多了。」Saiyun說。「Daha也在救護站？」Amui王子說。「嗯，從建橋開始兩村的村民都有受傷，Daha就和村裡的女孩一起在救護站照顧受傷的村民。」Kuruten說。「那Daha還好吧？」Amui王子輕聲地說。「王子想看Daha就過去啊。」Saiyun說。當Abok和Kuruten陪著Amui王子走到橋邊準備過橋，「咦，你看。」Kuruten突然冒出這句話。大夥看著橋上走過來的Moi，Moi神情有點緊張地在尋找什麼似的，Amui王子想叫住她時，

卻看見Abuk王子在跟她說話，Abuk王子讓人把Moi帶進屋內，準備過橋，「Abuk王子。」Abok突然叫住他。Abuk王子回頭看著他，又看看Amui王子，「怎麼了？我剛才看見了Moi，發生什麼事？」Abok說。Abuk準備要說的時候，Moi走出來了，「Abuk王子，準備好了可以去看我姊姊了。」Moi說。「Daha怎麼了？」Amui王子突然說出這句話驚動了大家。Moi看著大家，沒有說話，「Moi，你說話呀！」Kuruten說。「別逼她了，快過去看看。」Abuk王子說。大夥放快了腳步走在竹橋上，竹橋發動一種不安的聲音。

救護站裡的Daha被命令休息，可是Daha還是和眾姊妹們煎著藥草，其中一個姊妹看見了，「叫你休息，你就休息，累倒了，這些病人怎麼辦？」姊妹說。Daha看著她，「把藥碗給我。」姊妹說。Daha把藥碗給了姊妹，自己撫著胸口，咳了兩聲。「就說要好好休息的，過來躺下。」姊妹說。「我沒事。」Daha坐著看她，姊妹瞪她一眼，Daha只好乖乖躺下，姊妹拿起藥碗準備裝湯藥的時候，一個女孩走進來說：「Abuk王子來了，Amui王子也來了。」「Amui王子來了？」姊妹說。當大夥正在猜想之際，Abuk王子走進救護站，看看四周，向前走一步，「Daha在哪裡？Amui王子來看她了。」Abuk王子說。「在這裡。」一個女孩指著躺在床上的Daha說。Abuk王子向前看著Daha，Daha想起身，「別動，我不是叫你要好好照顧自己，等下你要自己跟Amui王子說。」Abuk王子說。Amui王子看著面容憔悴又消瘦的Daha，實在說不出話來，「Moi，把藥煎一煎再拿過來，我們先出去。」Abok說。Daha看著大夥都走了，Moi拿著草藥對Daha說：「姊，我去幫你煎藥。」Amui王子接下來不知道要說什麼，慢慢走近Daha床邊，坐了下來，Daha用最後的力氣擠出笑容說：「跟你說沒事的，休息幾天就好。」Amui王子拉起她的手，摸著她的臉，「是我疏忽了。」Amui王子說。「不，王子應該以村民為主，不應該為了我不顧村民的生死。」Daha說。「這樣說只會讓我更難過，身為一個王子連自己最心愛的女人都保護不了，還能保護村民嗎？」Amui王子說。淚水在Daha的臉頰上滑落，Amui王子狠狠地將她擁進懷裡，Daha淚水直流使得Amui王子也流下淚來，不一會，Amui王子告訴Daha說：「等遷村完了以後，我一定會守護著妳，不會讓妳受到任何傷害。」「王子有王子要做的事。」Daha說。Amui王子靜靜地看著她，Daha也靜靜地看著Amui王子。一直靜默看著到Moi送藥走進救護站時看見姊姊和Amui王子模樣好感動，只咳了兩聲，Amui王子和Daha停了下來，看著Moi，「我拿藥來了。」Moi說。把藥端到Daha床前，Amui王子接過要碗說：「我來就好。」「知道。」Moi說。Amui王子在藥碗邊吹涼給Daha奉上，Moi看了很安慰也替姊姊高興遇到好人，「Moi，你去告訴Abok，叫他們先回去，我要留下來。」Amui王子說。「王子要留下來？」Moi很驚呀。「是的，明天繼續遷村的工作，一定要讓巡守隊到各村戶加強巡視一下。」Amui王子說。「我知道了，我這就去說。」Moi說完，就走了。Daha喝完湯藥，Amui王子接過藥碗放在桌上，「王子，這怎麼可以讓你…。」Daha咳了一聲說。「你這個樣子我怎麼放心回去？」Amui王子說。「王子。」Daha看

著他。Amui王子抓著她的手，「沒問題的。」Amui王子說。兩個人默默相視著對方。

站在村外，Abok和Kuruten看著湖面漸漸暗沉下來，「看來該回去了。」Abuk王子說。「是啊，還剩下這些村民，就等明天繼續完成吧。」Abok說。「那王子呢？」Kuruten突然說出這句，看了Abok一眼，又繼續說：「我是說Amui王子現在還沒出來。」「該去叫他了。」Abok說。Abok正準備移動腳步，看見Moi走過來，Moi看著Abok說：「你要去找Amui王子嗎？他要我來告訴你，今晚他要留在這，讓你們先回去，明天再繼續過來。」「什麼？Amui王子要留在這裡？」Kuruten說。Kuruten看著Abok又看看Moi，「那就留下來吧。」Abuk王子說。「王子說，和往常一樣，Dosach的新村落還是讓巡守隊在各村落巡視一遍。」Moi說著Amui王子的交待。「我知道了。」Abok說。「放心好了，不會有事的，我的村落可是日夜都有人巡視的。」Abuk王子說。Abok和Kuruten以及Saiyun三人往Kakar村的路上，Abuk看著Moi，Moi害羞地低著頭，Abuk王子張望著四周，天也漸漸地暗下來了，「我該回去了。」Abuk王子說。Moi抬頭看著他，輕輕說出：「王子要回去了？」「是啊，好像有人不怎麼歡迎我？」Abuk王子說。「咦？」Moi輕嘆一句。Abuk笑笑地看著她，然後牽起她的手說：「你願意陪我在這河岸走一圈嗎？」「王子，天快黑了。」Moi說。「放心，在天完全暗下來以前，一定讓你回家。」Abuk王子說。Moi被Abuk王子牽著手在河岸慢步走著，「晚上有星星的時候，這河水更漂亮。」Abuk王子說。

「喔。」Moi輕回一句。山巒層層疊疊的高峰就像積木一樣，夜裡無雲的時候只有星光閃爍，點點照明於河中，推動這河水，亮晶晶地像一顆顆水中的鑽石，Abuk王子將河水閃亮的星光化為天使的降臨，Moi突然笑了，「你笑什麼？」Abuk說。「你說天使，王子怎麼像個女孩兒呢？」Moi說。「在我心裡天使不只有女孩，還有男孩，他們都在天上和我一樣保護這條河和村落。」Abuk王子說的嚴肅起來，Moi不好意思再笑了。Moi看著Abuk王子靜靜地看著河面，心裡想著Abuk王子將來一定是個好王子。Abuk王子突然看著Moi沉默的臉，「怎麼了？」Abuk王子說。Moi看著Abuk王子，「對不起，我不知王子這麼深愛著村民，還笑你。」Moi說。Abuk笑笑，「沒關係，天色暗了，我送你回去。」Abuk王子說。「王子。」Moi說。Abuk要送Moi回家的時候，巡守隊剛好經過，Abuk王子就交代巡守隊護送Moi回家，看著Moi在巡守隊的護送下離開，Abuk王子也轉身回家了。夜是一條漫長的竹筏在河水中飄搖，隱藏著千古不變的情愫。從河水到湖水映著點點星光伴隨著Daha，Daha喝過藥之後也沉沉的睡去，Amui王子守在床邊殷勤般地看著她，撫摸著她的臉，露出淺淺笑意，Amui王子想起了初次見面的Daha，在湖邊，腳踩著船，手提著大桶在水中和少女們一起工作的情形，身形飄逸的姿態至今令他難以忘記，之後也多次與Daha相遇更留下深刻印象，Amui王子為了湖怪的事，忽視了她，內心感到歉疚，想著、想著與Daha的甜蜜往事Amui王子也沉沉地睡去，樹影星光搖伴著河水，攪動山林的氣息直到天空露白的那一刻。

雞鳴和曉，大地甦醒，忙碌的村落開始忙碌，在大湖邊採集藻草，水草，在溪流旁捉蝦，洗滌，似乎感覺不到有災難要來，舢舨船此起彼落的吆喝著，唱歌餘興，遊湖同歡，吹笛作響少男的心，少女之情怯還留。Abok在河岸上觀望，往來的村民似乎保持著原來的笑容，突然間，一陣搖晃，樹枝折斷垂掛在路邊，「不會大地又搖動了吧？」Kuruten說。「趕快叫湖裡的村民上岸。」Abok說。眾人吆喝著紛紛離開湖邊，這一搖晃山頭有些裂了，樹枝倒了，垂在河邊的曬網架也倒了，村民趕緊扶正，村落所幸無大礙，掀起震動的大地又休息了，讓村民喘了一口氣，「看來又要發生大山崩塌不是假的。」Abok說。「什麼？」Kuruten說。「走吧，去看看Baberiang村搬遷的如何？」Abok說。Kuruten和Abok往竹筏橋走去，途中碰見了Saiyun，「你要去哪？」Abok對Saiyun說。「跟你們去Baberiang村哪。」Saiyun說。Abok看了Saiyun一眼，逕自往前走了，Kuruten和Saiyun在後面跟著。另一方面，因為剛才大地震動而驚醒的Amui王子正在凝望河流，在大湖邊滲溢的湖水順著河流往大海方向流去，竹筏橋上準備搬遷的村民和要買賣貨物的商人，這座橋著實有了不一樣的功能，Daha從救護站走過來，站在Amui王子旁邊，「昨晚睡得好嗎？」Daha說。Amui王子看了Daha一眼，「我再怎麼睡不好也比不上村民的苦。」Amui王子說。「村民會體諒王子的。」Daha說。「剛才又震動了，也不知Dosach村如何？我該回去看看了。」Amui王子說。「嗯。」Daha輕回一句。當Amui王子走到竹筏橋看見Abok他們走過來，「王子。」Abok說。「你來的好，我正好要回去Kakar村和Dosach村看看，剛才又震動了。」Amui王子說。Abok站到一旁讓村民路過，「沒什麼問題，只是幾棵樹枝折斷了，已經叫巡守隊處理了。」Abok說。「是嗎？那我就放心了。」Amui王子露出愉悅的笑容說。隨著Amui王子的笑容，Baberiang村終於全數搬遷完畢，巡守隊向Amui王子報告所有村民都已經住進新村屋，準備開始過新生活，之前因為搬村花費好多糧食，現在要開始打撈製作貯糧，Amui王子也向村民保證這竹筏不會拆，只要天氣好，村民隨時都可以過河種穀、撈魚、打獵，村民拍手叫好，「我想到村落看看，你們都陪我去。」Amui王子說。眾人相互看了一眼，都露出愉悅的笑容。

河水潺潺流動，山坡上的風向從不同的角度吹下，吹過了每一個人的臉龐，任誰也無從相信湖裡的湖怪昏倒在岸上，巡守隊趕緊傳信息給Amui王子，Amui王子乍聽之下，有些錯愕，匆匆忙忙趕到大湖，站在大湖對岸，竟然救不了湖怪，Amui王子站在湖邊的瞬間，湖怪舉起手一揮，將Amui王子揮向山坡草坪裡，突然間，大地震動了，這回整個山頭像崩裂的大地被劈了開來，偌大的沙石滾了下來，村民紛紛逃離湖岸，來不及逃開的被淹沒在湖裡，Amui王子從草坪裡甦醒，「王子，還好吧。」Abok說。Amui王子站了起來，「發生什麼事？剛才的搖晃…。」Amui王子話沒有說完，看著前面大湖被大土石淹沒，Dosach村不見了，心裡很擔心，卻不能表現出來，「大山真的崩了？」Amui王子淡淡地說出這句話。「王子。」Kuruten輕喚了他。「我已經交代巡守隊去Dosach

村查看情形，相信很快就會知道結果的。」Abok說。Daha和Moi從村裡走過來，看到大湖的情況，掩面傷心著，Daha要Moi把救護站重新整理起來，救村民，Amui王子悲傷的表情讓在場的人沒人敢安慰他。Daha走向Amui王子輕聲地說：「一切都會過去的，不用擔心，天神會照顧村民的。」Amui王子看了Daha一眼，沒有說話，在靜默的時間裡，Daha突然咳了一聲，「沒事吧。」Amui王子看著Daha說。Daha強打精神對Amui王子說：「不要擔心我，我沒事。」「你自己身體都不舒服，還要擔心我。」Amui王子說。「我真的沒事。」Daha說完，又咳了一聲。Amui王子向Moi看過去，Moi立刻向前扶著Daha，「救護站的事就交給你去處理，讓Daha好好休息。」Amui王子對Moi說。Moi看著Amui王子又看看Daha，「我知道了王子。」Moi說。「我沒事的。」Daha強辯地說。巡守隊從Dosach村來到Kakar村，Abok獲知消息，除了少數村民因樹枝倒塌壓傷，其他都安然無恙，Pahar在Dosach村的集會所設置緊急救難中心，需要支援，Abok把巡守隊的報告告訴Amui王子，「我要回Dosach村看看。」Amui王子說。「我也去。」Saiyun說。Abok看著Saiyun，「就讓Saiyun到Dosach村幫忙照顧受傷的村民。」Abok說。Amui王子看著大夥，「那這邊就交給你們了。」Amui王子說完就往Dosach村的路走去，Saiyun從後面跟著。湖怪沒入湖底，湖怪還會出現嗎？大地震動已經引起了Dosach村的山崩塌了，大湖被沙石填蓋，這次震動不僅僅Dosach村、Kakar村、Tavocol村都有明顯的晃動，Dosach村建立的新村落雖然離大湖很遠，現在大湖也不見了，山谷中的小溪流是最好的生活寫照，往來在Dosach村和Abouan村的這條河就顯得更重要些。

湖怪被壓在湖底，卻是村民救命的神仙，原來有一村民來不及逃開被沙土沖在湖底，湖怪用牠的觸手將村民捲起，那村民就很快回到岸上來了，村民被湖怪放在土石坡上，所有村裡的人嘖嘖稱奇，湖怪並沒有被土石淹沒，湖怪潛到湖底去了。這件事被Amui王子知道後，到了大湖邊找不到湖怪就回到Dosach村，Amui王子首先探望受傷的村民，並給予村民鼓勵和信心，看見Pahar正在為村民療傷，Amui王子向Pahar靠近，「王子。」Pahar說。「這些天辛苦你了，Pahar。」Amui王子說。「能夠為村民服務，我感覺生活好像充實起來了。」Pahar笑著說。Amui王子也笑了起來，「好像很久沒看見王子的笑容了。」Pahar說。「是嗎？」Amui王子說。「大山如願崩了，村落也建好了，王子該放心了吧。」Pahar說。是啊，是該放下心的時候了，但，不知為什麼Amui王子的心始終都是沉悶的，是因為村落王國的事嗎？湖怪在湖底了，湖怪還會再上來嗎？不知統領大人說的村落王國在哪裡？Amui王子一個人沿著村落小徑山路，邊巡邏邊想著，Pahar在旁邊看著他，「什麼事讓你心煩？」Pahar說。Amui王子看了Pahar一眼，沒有說話，繼續在佈滿荒草野地的山坡路上行走。Amui王子在村子裡都看見Daha的影子，Daha在Baberiang村的藥舖幫村民看病敷藥，連Saiyun都去幫忙了，Saiyun在Kakar村也建立一個藥舖，Kuruten非常喜歡Saiyun，常常會跑到藥舖去關心Saiyun，只可惜Saiyun只喜歡Amui王子，Kuruten只能從旁默默的關心卻說不

出口，Abok當然知道這件事，Saiyun繼續給村民治病，Kuruten和Abok走進來，Abok要Saiyun不要太累，否則他可要強制讓她休息，Saiyun點點頭說：「哥，你放心好了。」「我怎能放心。」Abok說。「替村民治病就像哥哥在村裡巡視一樣保護村落，替Amui王子分擔事情，我也只能做這些了。」Saiyun說。「嗯。」Abok說。「我去忙了。」Saiyun說。看著Saiyun的背影，Abok有股說不出來的話，Kuruten看著Saiyun的行為更是心疼，只是這時候誰說得出口？Amui王子看著穿梭在村民之間的Saiyun，感到非常心疼，「Saiyun是個好女孩，誰遇見了誰福氣。」Amui王子淡淡地說出。Pahar看著Amui王子又看看Saiyun，「誰不知道Saiyun對王子傾心的很。」Pahar說。「你…」Amui王子輕嘆一聲。Abok走過來，Amui王子看見他了，「村裡好久沒那麼熱鬧過。」Amui王子說。「是啊，自從得知大湖要被掩埋，村民都戰戰兢兢的。」Abok說。「唉！」Amui王子嘆了一口氣。「什麼事？」Pahar說。「我想為村民祈福，辦祭典，舉行慶典，讓村落更活絡起來。」Amui王子說。「祭典？」Abok說。「Pahar，找個時間請大祭司算出祭典的日子。」Amui王子說。「是。」Pahar點頭說。Abok看著Amui王子，Amui王子看著遠處的Saiyun，Kuruten正在殷勤地幫助Saiyun照顧受傷的村民，不時看著Saiyun，「Kuruten好像喜歡Saiyun。」Amui王子說。「咦？」Abok發出輕嘆。「感情這件事難定論。」Abok說。「你應該鼓勵Kuruten說出自己的感受。」Amui王子說。「是嗎？」Abok說。一陣風吹倒了周邊的輕小物品，Saiyun被風吹得張不開眼睛，Kuruten向Saiyun

靠近，「怎麼了？」Kuruten關心的問。「風沙吹進眼裡去了。」Saiyun說。「我看看。」Kuruten說。Kuruten小心撥開Saiyun的眼皮，Saiyun頓時感到胸口一陣熾熱感。Amui王子、Abok、Pahar三人靜悄悄地離開了，草葉隨風飄起。

隨著湖怪沒入湖底之後，就沒有再發生任何事情了，在湖裡的沙洲漸漸成為村民生活的一部分，Amui王子在大祭司的指引下舉行了祭典儀式，為期十天的祭祖慶典還舉行了長跑競賽，在長跑中獲勝的勇士將獲得全村獎勵，大祭司加冕，熱熱鬧鬧的市集為了慶典而忙碌著。在沙洲上覓食的群鳥，踱步前進，不怕村民也不傷村民，沙洲兩旁有澎湃的河流滾動著，捉蟹、捉魚，放飛鳥，村民喜孜孜地大豐收，隨著慶典即將到來，Amui王子和Pahar巡視各村落的安全，「村民現在看起來很活絡的，是王子給他們幸福的。」Pahar說。「不，這是大家一起努力的。」Amui王子說。家家戶戶的木板上放著檳榔和米糕，以及酒，在市集裡準備著長跑的用品，勇士們跟著巡守隊勤練體力，在祭典的熱鬧氣氛下，人人臉上就像女孩們頭上的Mahag綻放出陽光般的笑臉。陽光灑在野草上的亮麗波動著河水，水漾般的吹著風的信息，在阿河巴的草灘，Ama尋覓著草葉，Ama從路過的村民得知Dosach村正準備祭典和長跑賽，現在正熱鬧著，說不定可以換些物品回家。當Ama正高興的在河邊撿拾一些野菜，一個不小心Ama跌進了草坑裡，想拔起腿，無力，腿疼得使Ama幾乎想哭出來，村民發現了Ama，村民拉起Ama，Ama似乎愈沉陷，此刻Abok正好越過了河看到一堆村民，走向人群，「發生什麼事？」Abok說。「有人跌進坑裡

去了。」村民說。Abok向草坑望去，Ama正痛苦地掙扎著，Abok找來一根木條往Ama丟去，「拉住。」Abok說。Ama看著木條又看看Abok，「快，快抓住。」Abok說。Ama使勁力氣抓住木條，Abok要大家幫忙拉木條，Abok在Ama被木條拉起來時，向前扶起她，「有受傷嗎？」Abok說。「到河裡清洗一下。」Abok向一位婦人說。這婦人扶著Ama走到河邊，Ama洗淨身子之後，顫抖一下，「阿河巴陷阱很多，大家還是小心一點。」Abok說。Ama發現自己腳上有一點小傷痕，Abok也看到了，Ama向Abok走近說：「謝謝你救我。」「傷口不要緊吧？」Abok說。「沒關係。」Ama說。在Abok和Ama的目光交流中換來一種無法抹去的感應。此時，Adawai出現了，Ama看著Adawai說：「找很久喔。」Adawai點點頭。Abok轉頭看著Adawai，「跑這麼遠來，受傷了。」Adawai指著Ama受傷的腳說。「沒事的，只是被草割了些傷口。」Ama笑笑地說。Ama和Adawai要離去之前向Abok道謝，Abok的心就像風中吹過的草香被奪去了嗅覺一般。

從Dosach村到Kakar村的山坡小路，溪流都有村民的足跡，在長跑的山徑路上都有村民準備的點心和茶水，市集裡忙著為歸來的勇士慶賀著，一條小溪一寸情，一條山路一寸情，村戶之間彼此的關愛好久沒呈現出來了，Amui王子為這一份遲來的喜悅增添一分惆悵感，看著臉上洋溢著喜悅的村民，一時之間，統領大人的話湧上心頭，Amui王子想著、走著，一群小孩圍了過來，Pahar看見了Amui王子，立刻驅散這群小孩，「王子，怎麼？」Pahar說。「這麼高興的慶典應該值得暢飲一下。」Amui王子說。Pahar看著Amui王子面露愁緒，「今天晚上找Abok和Kuruten還有Saiyun，一起高歌一下吧！」Amui王子對Pahar說。Abok站在市集小山坡，遼望著不知名的遠處，Abok想著在阿河巴遇見的Ama，連名字都來不及問就讓她走了，想到這裡，Abok不禁意的笑了一下，「在想什麼？想得這麼開心？」Saiyun傳來這句話。Abok看了Saiyun一眼，沒有說話，「我知道，你一定看上喜歡的人了，才如此開心。」Saiyun說。「嗯？」Abok輕嘆一聲。兩個人許久沒有說話，「我連她叫什麼名字都不知道。」Abok說。「終於承認了，是那天在阿河巴救起來的女孩吧。」Saiyun說。Abok沒有回答。「我問過了，那女孩不是Kakar村，也不是Baberiang村，是Paris村的。」Saiyun說。「你知道很清楚。」Abok說。「藥舖需要採藥，有的時候會在阿河巴聽到一些別的村落的事。」Saiyun說。「這樣。」Abok說。Kuruten來到這裡，「Amui王子今晚想找你們一起同歡暢飲。」Kuruten說。「喔？」Saiyun驚呀地說。「走吧，王子都說了，能不去嗎？」Abok說。於是一行人趁著天黑之前往市集走去，依約到Amui王子的宴會場地，冷冷的風吹過，漂浮在空中的總是Amui王子的心，繁星點點如螢火燃燒整個天空，溪流的伴奏聲，少男的吹笛聲，少女的歌聲，揚起整個山谷的迴旋，一杯酒瞬間飲，幾番相思，幾許愁，Amui王子掛念Dosach村和Kakar村的村民，同時又心繫著Daha的愛戀，Abok對Ama的思念隨杯酒浮上心頭，今夜高歌，亂舞，盡相思，隨著星光腳步到天明。村裡的營火照亮整個天空，村民高歌足舞的聲音透著黑色的天空在綻放著，Amui

王子想著統領大人的一番話，在高掛的天空裡出現了村落王國的影像，又隨即消失在夜幕之中，夜鶯啼叫擾人心，風吹三寸喉，手顫腳抖意未明，今夜過後將會出現什麼樣的風景？

第三部

大地之王誕生

空曠的大海染上點點白浪，湧進湧退的海水在礁岩上不斷地發出拍打聲，橫跨在海面上的大鵬鷹不斷地俯瞰海面上，藍鷹和黑褐交錯的羽翼飛鷹不斷地徘徊在草澤礁岩岸邊，從覓食到尋親發出不一樣的叫聲，大鵰鷹長長的嘴鉗從海裡叼一條魚，掙扎的魚尾彷彿跳躍的鐘擺，不一會，鐘擺消失了。「王子，一個人在這不無聊嗎？」Taro說。Asilao轉頭看了Taro一眼，沒有回答，天空裡的鷗鳥來回四處亂竄地飛，「你看，這大鳥好像很急促的樣子，好像有什麼是要發生了。」Asilao王子仰望著天空與大海說。「也許吧！牠們在找親人吧。」Taro說。「是喔。」Asilao王子輕答一聲。「也有可能暴風雨要來了，牠們正在警告自己的伙伴趕快回家。」Taro說。「暴風雨？上次的暴風雨，整座山都崩塌了，河水也漲了，連海水都淹上來了。」Asilao王子說。「是啊，那次大雨真的很可怕。」Taro說。天空裡群飛的大鵰鷹已遠去，鷗鳥和藍鷹也回到山裡的巢穴中，等待明日的出航。天空裡的陽光正在灑下一長排的亮白粉末延伸到大海的頂端，結合了點點藍、綠、黃、白、紅的顏色，交織著像一塊天然畫布，暈染的色彩不沾雜著過多的色彩，「王子，該回去了。」Taro說。Asilao王子離開礁岩，在海岸沙灘上漫步，草澤裡的飛蟲不時地飛舞和跳躍著在Asilao王子旁邊，Taro不斷地拍走空中飛躍的飛蟲，「大概是又要下雨了，所以飛蟲特別多。」Taro說。「村民怎麼樣？」Asilao王子說。「大概都回去了。」Taro說。「走吧。」Asilao王子說完，繞過草澤往山坡荒草路走去，回村子的途中，嘩啦啦……，下起大雨了，野鹿奔跑停止了，躲在樹底下，「前面有一家茅草屋，我們去避避雨。」Taro說。Asilao王子和Taro拎著大葉草片在頭上往山坡上的茅草屋去了。滴滴答答的雨勢一直下不停，茅草屋聚集了不少村民，大夥看見Asilao王子從屋外走了進來，都瞪大了眼睛，Asilao王子反而被望得有點尷尬，「王子，請進來。」其中一位村民說。Asilao王子笑著點頭，村民嘀咕的說著，無視於Asilao王子的存在，「你知道嗎？Tomel村的Gali王子被海怪抓去了。」一位村民說。「不是回來了嗎？」又一位村民說。「說什麼大地會震動。」村民說。「咱們這大海不知道可不可靠啊！」村民說。Asilao王子想著村民的話，又想著這大海無止盡地漂來不明物體，難道這大海真如Gali王子說的即將發生不平靜的事？「你們還聽到什麼？」Asilao王子突然面對著村民說。村民突然傻眼望著Asilao王子，「沒關係，有什麼話就說吧，身為王子的我，不一定全都知道村裡的事情。」Asilao王子說。「喔，喔。」村民吱唔起來。「那我先說好了，有一日我從Gomach村到這海岸的時候，遠遠看見一隻海怪跑出來浮在海面上。」一位村民說。「那有人受傷嗎？」Asilao王子說。「受傷倒是沒有，海怪好像不會傷害人，村民就在海岸附近捕魚沒見到這隻海怪靠近或是移動，一直到大夥都上了岸也回到村落了，突然大地震動了一下，海怪就沉下海底去了。」村民說。「大地震動海怪就不見了。」又一位村民說。「是指上回大地震動的事嗎？」Asilao王子說。「從那次開始，大地已經震動好幾次了。」Taro說。「這我也知道，從Dorida山頂看過去，Dosach村的大山整個塌下來，Dorida山下的那一片沼澤也淹沒了一

半，大湖裡堆滿了大山塌下來的土堆，湖怪不見了。」Asilao王子說。「所幸Dosach村的Amui王子及時遷村，讓Dosach村民躲過大災難。」Taro說。「對於這件事，大夥對大湖裡的湖怪突然失蹤覺得可疑。」村民說。「可是大祭司說湖怪是為了拯救村民而失蹤的。」Taro說。「既然這樣，那大地為什麼還會再震動？」Asilao王子不解地說出。「雨停了。」村民說。大夥看見雨停了，雀喜不已，準備離開茅草屋回到村裡，在回村落的荒草坡上，突然亮了起來，「虹啊！」村民仰頭大叫說。在海上形成跨海大橋的彩虹把天空劃成兩半，「很久沒看見這麼美的彩虹。」Asilao王子說。「嗯。」Taro輕回一句。巡守隊從遠處走過來，Asilao王子看見了，「什麼事？」Asilao王子說。「村裡有人要見王子。」巡守隊說。「有人要見我？」Asilao王子說。Asilao王子和巡守隊加快腳步回到村落，海上的虹橋亮麗地反轉在山坡路上，村民喜孜孜地回家了。

市集裡熱熱鬧鬧的張羅著，屋簷下小販掙著幾把糧食過日子，Asilao王子回到市集裡，匆匆來到住所，巡守隊向Asilao王子報告要見王子的人，是一名勇士，Asilao王子看他的穿著不像Gomach村的勇士，「你是哪個村落的？」Asilao王子說。Akin看著Asilao王子和Taro，Asilao王子面對著Akin沉默不語又再次地說：「我是Gomach村的王子，請問……。」Asilao王子話沒有說完，Akin立即說出：「我是Tomel村的勇士，叫Akin，是奉了Gali王子來找王子您的。」「Tomel村王子？有什麼事嗎？」Asilao王子說。「我這裡有一份Gali王子的竹簡要給Asilao王子的，王子看了就會明白。」Akin說。Akin小心翼翼地將竹簡傳給Asilao王子，Asilao王子接過竹簡，看完Gali王子的竹簡之後，Asilao王子面露驚呀，過了不久，Asilao王子對Akin說：「回去告訴Gali王子，對於他的提議，我會考慮，請Gali王子放心。」Akin聽完Asilao王子這麼一說，露出笑容說：「是的。」巡守隊送走了Akin，Taro看著Akin離開又看著Asilao王子，忍不住地說：「王子，發生什麼事？」Asilao王子無助地看著Taro說：「Gali王子要我把海岸村落聯合起來，說這是海神的意思。」「海岸村落？」Taro說。「嗯。」Asilao王子輕回一句。沉默一些時間，Asilao王子不去想，只是覺得Gali王子說的村落王國是怎麼一回事？「海岸村落，不就是說Gomach村、Salack村，南方的Bodor村，Bodor村對岸的Tavocol村？」Taro說。「就是這麼多村落，我才傷腦筋。」Asilao王子說。」大地突然之間震動了一下，犀外掛飾掉了下來，Asilao王子跑出屋外，看著被震動後的村落，「我們去市集看看。」Asilao王子說。Taro和Asilao王子向村落市集走去。

在山坡上追逐野鹿奔跑的村民恣意地享受著山林的美妙，在廣大的荒草地上獵食，Gomach村倚著海岸的沙灘在珊瑚礁帶來大量的魚群飛躍在海面上，日出而作，日落而息，生活近於無憂煩惱之狀態，Asilao王子一個人背著箭筒在草叢裡穿梭著，一隻野兔奔跑而過，Asilao王子一個長射，射中了野兔，垂死掙扎的野兔望著Asilao王子，Asilao王子憐憫之心又升高了，放下野兔，在野兔奔走之餘，望著Asilao王子一眼，Asilao王子的心被震了一下，繼續往前走，這條山路直達海岸，在一個洞窟裡發現了一群人，這一群人時常掠奪村民的食物，言語

不通，無法和村民一起生活，Asilao王子為了了解這一群人來自何方，用盡各種方法，包括要大祭司祭天神傳達，祭海神傳話，Asilao王子才發現這一群人是從海上過來的，由於大海起了暴風，打翻了他們的船，他們之中有很多人在大海中喪生，只留下這幾個人抓著殘破的船木隨著海水一路漂，漂到Gomach村的海岸，Gomach村村民原本要殺害他們的，因為他們保證不會殺害村民，才得以在洞窟生存下來。這一群人來自北方大海，他們那裏也有很多海岸礁岩，跟Gomach村一樣，這些人還說大海有很多和村民不一樣的船，Asilao王子深深覺得大海開始動亂了，這一群人自己打造了一艘船要回到北方的家園，村民很擔心這些人會帶來更多的困擾，於是Gomach村民把這件事告訴Salach村的村民，希望透過兩村合作能一起守護大海，不讓外族入侵，Asilao王子親自拜訪Salach村的著名勇士Tarabate，想讓Tarabate成為自己在村落的最佳夥伴。Tarabate和許多村落的勇士一樣在訓練自己成為村落最敏捷的神射手，Tarabate和Bodor村的Terraboe一起來到山坡上練習長跑射箭，在海岸邊習泳健身，當Asilao王子來到Salach村，村民告訴Asilao王子說Tarabate正在海邊教導村民習泳。Asilao王子立刻前往Salach村的海邊，當Asilao王子準備離開去Salach村時，突然颳起一陣風，這陣風向山坡吹向大海，在大反轉地從海上吹向山坡，又從山坡垂下，Asilao王子停止了腳步，Asilao王子被這陣旋風捲入漩渦，不知帶到哪裡去了？風停了，村民看著天色不佳，紛紛離開海岸，想早點回到村子休息，這一陣旋風不知打從哪裡來的強烈，村民看見在草坡路上失蹤的Asilao王子，嚇得不知所措，於是回到村子請求大祭司，大祭司設壇祭天神，大祭司手中的器具鏗鏘放下，村民紛紛詢問Asilao王子的去處，大祭司緩緩說出：「王子正在山上避難。」村民不敢相信，但大祭司要村民三日之內不可接近海岸的話讓人匪夷所思，三日內接近海岸必遭浪捲走，終身不再回來。村民深信不疑地，只敢往山上去活動，Asilao王子究竟躲去哪了？大祭司感應不到？

美麗的沙灘，誰人不喜歡，踩著夕陽的光輝，沙灘舖滿許多記憶，Api和Hoha雖然住在不同村落，倒像個姊妹般地一起玩，一起說笑，Api把Gomach村王子的事告訴Hoha，Hoha聽到了嚇一跳，「這是真的嗎？」Hoha說。「不太清楚，不過在整個海岸的村民都知道這件事。」Api說。「喔，對了，聽說Gomach村民被禁止到海岸邊來，如果到海岸邊，就會不見。」Hoha說。「這個不知是真的，還是假的？」Api說。「有大祭司保證說。」Hoha說。Api和Hoha在海岸沙灘撿拾貝殼，突然看見大海一道白色長牆襲捲過來，「快跑。」Api說。「那是什麼？」Hoha說。Api拼命地往岸上跑，Hoha也拼命地往Api腳步追過去，在沙灘上的村民有的看見狀況不妙，趕緊大喊：「大浪來了，快逃啊！」村民紛紛提著竹籃往海岸山坡上跑，有的村民來不及跑，或是太慢了，被這快又猛的白色巨浪，瞬間捲入海中，村民在海岸上哭喊也喚不回被捲走的村民，Api想起來了，「這就是Gomach村大祭司的警告，要村民別到海邊來。」Api說。「那得趕緊回村子告訴其他人。」Hoha說。「嗯。」Api說。Api和Hoha兩人和逃過此劫

的村民一起回到村落，並且要大家勿再到海岸去，村落市集貼滿了警告，Api和Hoha兩人奔波在Salach村和Bodor村之間，又Bodor村不僅靠近海又靠近大湖的湖水出口，巡守隊加強了兩村的安全巡邏，近日內不能讓村民接近海，Tarabate一個人在村落巡視，巧遇Api和Hoha兩人，「妳們還沒回家？」Tarabate說。「我要去山上採草藥。」Api說。「嗯。」Tarabate輕答。Hoha看著Tarabate，這個和哥哥有著村落最強勇士的封號，「Hoha陪我去，放心好了。」Api說。Tarabate看著Hoha，「你就是Terraboe的妹妹。」「是的。」Hoha說。「好了，我要走了。」Api說。Api和Hoha兩人往山上的路走去，Tarabate看著她們的背影，心裡總是放不下，於是跟上前去。海面上仍然白浪疊疊，風吹得搞不定方向，太陽也因此失去光芒，昏暗的雲層夾著些許泛白的光，隱藏在看不見的烏雲之下，烏雲灑下幾許淚水，漸漸淚水成河、成海，山坡上聚集著躲雨的村民。

在山上的一間富麗堂皇的石屋裡，有一群頭戴羽毛的怪獸和站在兩旁的侍衛，看起來不像是村民，Asilao王子凝神之際一位戴著鮮豔羽毛的怪獸向Asilao王子靠近，「歡迎來到天上石屋。」怪獸說。Asilao王子吃驚地退了一步，喃喃地自語說：「天上石屋？」「不用怕，牠們不會害你的。」怪獸說。「你們到底是誰，為什麼把我抓來這裡？」Asilao王子說。怪獸看著Asilao王子，不發一語，Asilao王子退了幾步，「不要亂來。」從大殿上傳出的聲音驚嚇了Asilao王子。怪獸向大殿上的人彎腰鞠躬說：「是的，主人，他就是Gomach村的Asilao王子。」「嗯，我知道。」這個看似女妖的女人說。「妳是什麼人？」Asilao王子說。「王子受驚了，我是暴風夫人，奉風神之命將王子帶到這來，若是有失禮之處，請王子見諒。」暴風夫人說。「暴風夫人？風神？就是那陣奇怪的風？」Asilao王子說。「因為風神接到天神的旨意，所以命令我將旨意傳達給王子，不得已只有請王子過來。」暴風夫人說。「那陣風是暴風夫人掀起的？」Asilao王子說。「是的。」暴風夫人點頭。「你知道我的村民會因此而受傷嗎？」Asilao王子說。「知道，在你來這之後，Salach村和Bodor村的村民被大海嘯捲走了。」暴風夫人說。「啊！」Asilao王子露出難過的表情。「不用擔心，現在這兩個村落和Gomach村一樣禁止村民到海邊去。」暴風夫人說。「不能到海邊，那村民的生活不是受到阻礙？」Asilao王子說。「這只是短暫的。」暴風夫人說。雖然聽完暴風夫人的話，Asilao王子還是不免擔心，暴風夫人揚起衣袖，看著Asilao王子，久久沒有發問一句話。「好了，現在讓我來告訴你，你的責任。」暴風夫人說。「我的責任？」Asilao王子說。「你應該很清楚Dosach村，Kakar村，Abouan村，Tomel村都有湖怪和河怪以及海怪的出現，而且每次出現都會引起大地震動。」暴風夫人說。「嗯，這跟我的責任有什麼關係？」Asilao王子說。「從現在起開始天神將會考驗各村落的王子，並且在這些王子之中選一個可以統治各村落的王子成為共主，也就是村落王國的共主。」暴風夫人說。「村落共主？」Asilao王子說。「你的責任就是去說服各村落王子共同推舉擁戴Dorida村的Aslamie王子為村落共主。」暴風夫人說。「Dorida村的Aslamie王子？」Asilao王子說。「天

神的意旨認為Aslamie王子能夠包容各村落的村民，而且能協助各村落抵抗外來的侵略。」暴風夫人說。「難道其他村落王子無法擔此重任？」Asilao王子說。「Aslamie王子是各村落的共主，你們只要協助就可以了，切記，不能分散力量，村落要合作，村落王國才會存在。」暴風夫人說。「村落要合作，我們不是一直都在合作嗎？」Asilao王子說。「不夠，不夠。」暴風夫人說。「那要怎麼做？」Asilao王子說。「這就是天神的旨意，等你們打敗了湖怪、河怪，還有海怪，自然就明白了。」暴風夫人說。Asilao王子搖搖頭，還是不明白，Asilao王子想著、想著走到門口，被怪獸擋了下來，驚嚇了一下，Asilao王子看著怪獸，暴風夫人走過來說：「王子不用擔心，只要通過天神的考驗之後，記得要支持Aslamie王子為村落共主，成立村落王國，大地之王就出現了。」「大地之王？」Asilao王子說。「是的，大地會自己選擇成為大王的人。」暴風夫人說。「那現在我什麼也不能說，也不能做。」Asilao王子說。「不，等你回到Gomach村的時候，將會有一場祭典，這個祭典包含Salack村，Bodor村。」暴風夫人說。「祭典？」Asilao王子迷惑地說。怎麼暴風夫人會知道，這三個靠海村落及將在海邊舉行祭典以安慰海神，Asilao王子想得出神之際，看了暴風夫人一眼，「我可以回去了嗎？」Asilao王子說。「可以，要記住我說的話。」暴風夫人說完，就揮起衣袖，怪獸向Asilao王子靠近，怪獸就和Asilao王子離開屋子，站在門外，一陣旋風撩起了洪流將Asilao王子捲起來，Asilao王子被捲得不知方向了。

風向從山坡吹向大海，Taro非常擔心Asilao王子的行蹤，一連好幾天都沒有消息，在Gomach村裡四處找尋，派人到Tomel村去打聽，Salack村自從有村民在海邊被大浪捲走，Tarabate在大祭司的警告下，派巡守隊在海邊駐守，防止村民進入海岸發生危險，大祭司說在Asilao王子回來之前，Salack村、Gomach村的村民不能進入海邊工作，Asilao王子失蹤了好些天讓村民都很擔心，不知道Asilao王子發生了什麼事？如果Asilao王子永遠都回不來，那不就永遠都不能到海邊工作了嗎？村民的擔心不是沒有道理，Gomach村靠著天然大海過生活，不能在海邊捕魚，在海裡撿拾，村民要吃什麼？拿什麼作買賣？光憑山上的獵物，總會獵殺光的，山林裡有鹿、羌的尖叫聲，野草孳生，蔓延的花藤不斷伸長開來，在海邊活動除了可以捕撈生魚，還可以讓村民洗淨一天的疲憊，快快樂樂的回到村子安歇，為明天的精神做準備。在海邊的村落就是要徜徉在大海中仰望遼闊的天空，享受大海的浸漬和擁抱，天空的照射，才不愧為大地之子。Gomach村民無法到海邊只好到河邊和Tomel村民一起在河裡工作，Taro從Gomach村河流邊的小山坡往上走，沿路繽紛亮彩的花朵盛開著，點綴著這美麗的山林之路，忽然間，大地震動了一下，村民紛紛嚇著了，搖晃的枝椏在空中晃動著，於是Taro順著山路走和巡守隊一路尋找Asilao王子的行蹤，在山路上有一間小木屋，Taro眼望著Tarabate和Api也在小木屋裡，Taro看著Tarabate說：「想不到你也到這來。」「還沒有Asilao王子的消息嗎？」Tarabate說。Taro沉默一下，「沒有。」Taro說。「我想Asilao王子

會沒事的。」Api安慰著說。「已經好些天了。」Taro說。「大祭司有說什麼嗎？」Tarabate說。「大祭司也無法斷定王子的去處。」Taro說。「看樣子，真的有什麼事發生了？」Tarabate說。「這話怎麼說？」Taro說。「不知道嗎？從這裡爬過Dorida山的阿河巴，旁邊的Abouan村和Babosacq村都看見湖怪和河怪出現，Babosacq村也因為湖怪而使大山崩塌，導致遷村。」Tarabate說。「對呀！Abouan村也因為河水大漲，大山土石崩落遷村的。」Api接著說。「那跟Gomach村有什麼關係？」Taro說。Tarabate看著木屋外的景物，搖擺的樹枝和野草，嘆了一口氣說：「問題就出在這，各村落的王子都被天神召喚了去，卻都平安的回來了。」「是很奇怪，湖怪召換Amui王子，河怪召喚Tawo王子，海怪召喚Gali王子…，難道Asilao王子也被召喚？」Api推測的說。「這麼說來，Asilao王子也會平安回來喔。」Taro說。「應該是。」Tarabate說。雖然大家所想的都是一樣，不免還會擔心，看著太陽也下山了，斜照在山坡的影子越來越長了，「該下山了。」Tarabate說。「嗯。」Taro說。當Taro和Tarabate和Api正從木屋走出去，準備下山回村子，巡守隊跑過來，「什麼事？」Tarabate說。「山下有村民看見Asilao王子的行蹤了。」巡守隊說。「真的。」Taro說。「嗯。」巡守隊點頭表示。「走，快走。」Tarabate快速往前走，Taro和Api以及巡守隊也跟著，斜陽照影在山坡上，通紅的雲彩返照在沿路的碎花叢裡。

頂著一簍一簍的山野青菜，村民們準備回家，市集裡也傳出叫賣聲，巡守隊不斷地來回穿梭，在荒草堆裡出現一個人躺著，村民圍起來觀望，「是Asilao王子。」有一位村民說。大家才仔細一瞧，「真的是Asilao王子。」村民爭相走告地說著，Asilao王子回來了的消息很快遞傳遍了整個村落。Asilao王子被草堆裡的小蟲叮醒，睜開眼睛，Asilao王子看著圍觀的村民，慢慢地撐起身子，站了起來，「讓大家擔心我了。」Asilao王子說。村民看見Asilao王子沒事，高興的大叫：「王子回來了，王子回來了。」Asilao王子露出笑容，不發一語的走回村落，村民也跟著Asilao王子回家了。正當Asilao王子和一群村民回村落的路上遇見了Taro和Tarabate兩個人，Asilao王子不免驚呀了一下，向Tarabate行個禮，Tarabate也向Asilao王子行禮，「這個時候看見你，我真的很高興。」Asilao王子說。「王子，沒事吧？」Tarabate說。「一點事都沒有，只是聽說Salack村民失蹤有點遺憾，找到了嗎？」Asilao王子說。大夥靜悄悄，沒有說話，「沒關係，現在我回來了，我一定協助大家把失蹤的村民找回來。」Asilao王子接著說。「王子。」Taro說。「沒關係的。」Asilao王子露出既害怕又驚喜的笑容。Tarabate看著Asilao王子，「怎麼了？Tarabate。」Asilao王子察覺Tarabate的反應說。「現在是不是要回去找大祭司了？」Tarabate說。「大祭司？」村民說。「只要王子讓大祭司祭天，看看天神有什麼旨意要傳達？」Tarabate說。「天神的旨意？」Asilao王子愣了一下說。「王子怎麼了？」Taro說。「沒什麼，好吧，立刻通知大祭司祭天。」Asilao王子說。巡守隊接到Asilao王子的命令，立刻向大祭司所在地出發，其餘一行人跟著Asilao王子回村落去了。

大海恢復了平靜，村民繼續在海岸礁岩活動，平廣的海岸沙灘，廣闊的草地，追逐的野鹿，迎著海風在海浪的拍打下完成淨身的動作。村民帶著竹簍，踩著沙灘在海岸礁岩滿足了生活的需要，怡然自得的需求不必搶，不怕少了天神惠賜的禮物，回頭看見陽光灑在海面上，那泛橙白亮光帶著泛黑綠的海鏡照在海面下，一道七彩的色調從海底發出，哇……，從海底的多樣色彩中蘊育了多樣生物。大祭司向海發出召喚聲，層層疊疊的波浪襲捲而來，幾乎又隱沒了沙灘，大祭司放下器具轉向Asilao王子，「王子，心想如何？」大祭司說。「大祭司覺得呢？」Asilao王子說。「這個……，大海召喚之靈不是傳給王子了嗎？」大祭司說。」大祭司說。Asilao王子長嘆一口氣說：「大祭司，那就通知村民舉辦祭典吧！」「是的。」大祭司應聲。「各位，現在開始Gomach村，Salack村Bodor村共同舉辦祭典，以敬海神之威靈。」大祭司向所有在場的村民祭出宣示說。敬海神、祭海神，村民齊聲歡呼著，Asilao王子看到這一幕非常的感動，大祭司收起器具，「王子，看來海神接受了。」大祭司說。「嗯，準備祭典吧。」Asilao王子說。大祭司囑咐巡守隊把消息傳到各村落，村民也高高興興的談論著祭典即將要準備的東西，突然一陣大風掀起巨浪，風停巨浪未歇，村民看見一隻大海怪佇立在海上，「你們看，那是什麼？」村民說。Asilao王子看著海面方向，輕輕喚著：「大祭司。」大祭司立刻口中念著咒語，大祭司每甩動一次手就感應一次海怪的舉動，大祭司突然轉向Asilao王子，「王子，注意。」大祭司大叫出聲時，海怪早先一步掀起了水浪濺濕了

Asilao王子，Taro看到此景，立刻向前，「沒事吧。」Taro說。Asilao王子甩甩手上的水，撥去身上的水，「沒事，不用擔心我。」Asilao王子看著大夥說。「大祭司，這是怎麼回事？大海怪。」Taro說。「大海怪消失了。」村民接著說。「王子，抱歉，我無法預測大海怪竟會掀起水浪而傷了你。」大祭司深歉地說。「我沒有怪罪大祭司，現在最重要的是辦好祭典。」Asilao王子說。大祭司和Taro看著Asilao王子顯得出疲憊的樣子，村民跟著大祭司一起回到村落。

Asilao王子和Taro留在海岸邊，海浪層層拍打的擠上岸來，礁岩上的小蟲就是被海水沖上來的，從來不知道這大海裡蘊藏的礁岩佈滿了許多未知的陷阱，Asilao王子望著海底閃閃發亮的礁岩，順著礁岩四周有許多平時的果實，在這一片美麗的礁石海域呈現著比天上的雲彩更多采多姿的顏色和生物，Asilao王子沉思越久，心就越糾結起來。Taro看著Asilao王子，同時Taro也看著海底，「王子在想什麼？」Taro說。Asilao王子看了Taro一眼，「這片大海讓村民無憂無慮地過了幾千年了，想到突然有大海怪出現，不知道大海發生了什麼變化？」Asilao王子說。「王子，只要做好自己的事就好了，大海有什麼變化，大海怪會自己出來說的。」Taro說。「是。」Asilao王子輕聲地回。「就剛才那大海怪雖然掀起了水浪，可是並沒有淹沒海岸，奪走村民的生命啊！」Taro說。就在Taro說完的一剎那，大海怪又浮出水面了，這回大海怪是前後左右不停地來回的游，「大海怪怎麼了？」Asilao王子說。當Asilao王子走向海邊時被Taro拉住，「王子。」Taro說。「沒關係的。」

Asilao王子說。當大海怪再度掀起水浪，突然一支射箭飛出射中了大海怪，大海怪停止了行動，靜靜臥躺在海中央，Asilao王子回頭一看，一個年輕的少年，這位少年腰際上繫著箭筒，旁邊有一個與他年紀相仿的勇士，Asilao王子看著他從山坡上走下來，「大海怪真大。」Aslamie王子說。「是啊。」Tull說。「你好，沒傷到吧，我在山上看見了大海怪游過來了，於是就跟著過來，我叫Aslamie，就住在Dorida村。」Aslamie王子說。Asilao王子看著Aslamie王子，久久無法說話，在Asilao王子心裡想著不可思議的事情，一隻巨大的大海怪竟然輕易地被收服了，Asilao王子想得出神，Taro碰了他一下，Asilao王子看了他一眼，「什麼？」Asilao王子說。「人家在跟你打招呼。」Taro說。「喔。」Asilao王子說。「你說你是Dorida村的勇士。」Asilao王子說。「什麼勇士，他是Dorida村的Aslamie王子。」Tull說。「王子？」Taro說。「好了，Tull，現在沒事了，我們走吧。」Aslamie王子說。Aslamie王子說完就往山坡上走去，回頭向山下的Asilao王子說：「這一帶海岸很不平靜，多派些巡守隊巡視，如果有需要可以到Dorida村來找我。」面對Aslamie王子的話Asilao王子看著Aslamie王子的身影消失在荒草坡上，心裡想著這年輕王子就是暴風夫人說的大地之王嗎？村落王國的共主？Asilao王子的視線就像太陽落在海面上的亮光浮起了五彩暈光。

隨著海岸村落Salack村的祭典慢慢開始活絡起來，Taro帶著巡守隊穿梭在山路及海岸邊，這是Asilao王子交待的，在祭典結束之前，村落的安全很重要，為了祭典同時也舉行長跑比賽，讓村落青年更有責任性的保護村落。在Salack村的Tarabate也帶著村民上山打獵，下海捕魚，在海上漂盪的快感就像在山裡奔跑一樣，飛躍的魚是最大的享受，偶而會有天上飛來不知名的大鳥和村民搶奪飛魚，擁有長長尖銳的爪子和嘴，這也是村民學會製作了另一種捕叉槍，很快地就能迅速的抓住了魚，不僅Salach村民這樣悠閒的加馬著獨木舟在海上叉魚，連Gomach村也是獨木舟來來往往，大一點的載人載貨的往來就靠舢舨船了，從Bodor村看過去的對岸是Tavocol村，兩村的村民靠著河和海的交界坐享天然寶藏，鹿皮，羊毛的買賣在各村落市集彼此熱絡著，Tarabate將獨木舟靠岸，看見了Terraboe從海岸另一邊走過來，「悠閒喔。」Tarabate說。「是啊，剛從那邊的河口走過來。」Terraboe說。「河口？」Tarabate說。「為祭典的事，哪一個地方都不能錯過。」Terraboe說。Tarabate看著四周，「要不要來個比賽？」Tarabate說。「比賽？獨木舟？」Terraboe說。「不是，叉魚。」Tarabate說。「嗯，Taeabate是叉魚好手，誰贏的過？」Terraboe說。獨木舟緩緩前進，Tarabate將叉槍往水裡一扔，槍到，魚也浮上來了，Terraboe拍手叫好，「來一下。」Tarabate說。看看遠遠天色不太穩定，「好像要下雨了，先回去岸上吧！」Terraboe說。Tarabate看著大海，海的浪紋不對，Tarabate將獨木舟推到岸上，抬起獨木舟，「走吧。」Tarabate說。Terraboe和Tarabate兩個人沿著荒草路來到一處木屋，在木屋休息時，果然下起大雨來了。「這雨下得可真快。」Terraboe說。「是啊，」Tarabate放下獨木舟說。陸續有村民前來木屋避雨，休

息。Taro帶著巡守隊也走進了木屋，看見了Tarabate和Terraboe兩個人，「真巧，在這遇見。」Taro說。「是啊，這雨下得快也來的巧。」Tarabate說。在此一時，木屋外樹影搖動，草木橫飛，雨越下越大了，半遮的木屋被雨水濺濕了一半，木屋外佇立一個龐然大物，「熊。」村民大叫。「是熊，真的是熊。」另一村民說。「不，那不是熊，是長得像熊的怪物。」Tarabate說。「怎麼辦？牠就在外面，會不會攻擊木屋？」村民說。「不曉得……。」Terraboe說。此時大怪物蹬了腳，整座山坡被震動了一下，小木屋也有了裂痕，開始滴水，「這樣下去不是辦法。」Taro說。「我去引開牠。」Tarabate說。「怎麼可以？」Terraboe說。「總比大家都死在這裡的好。」Tarabate說。Tarabate走出屋外，雨沒停，仍然下著，大怪物看著Tarabate，想用手抓住Tarabate，突然一陣狂風吹來，大怪物被狂風捲走了，Tarabate突然張開眼睛全身濕透，Taro想抓住Tarabate走進木屋裡，Asilao王子來了，「原來你們都在這。」Asilao王子說。Taro和Tarabate看了Asilao王子一眼，「木屋裡還有很多人。」Taro說。Asilao王子走進木屋，看著村民，Terraboe正在為剛才被風吹倒的木片砸傷的村民敷藥，「看來這木屋要加大才行。」Asilao王子說。「剛才那大怪物？」Tarabate滿是疑惑地說。「什麼大怪物？」Asilao王子說。Taro就把剛才的情形說給Asilao王子聽，「原來是這樣。」Asilao王子說。「雨停了，可以回家了。」村民說。「快，大家先回家再說吧。」Asilao王子說。Tarabate和Terraboe護送著村民回家，Asilao王子一個人愣愣地發了一個呆，心裡默念著：剛才那場暴風雨和大怪物就是暴風夫人說的，大地要震動了，大地之王要現身嗎？Asilao王子靜靜走在泥濘的荒草路，Taro和Tarabate不時回頭看著他。

一場暴風使海水漲了起來，礁岩也淹沒了，村民的獨木舟和舢舨船看不見礁岩而撞上礁岩，紛紛受了傷，等到暴風雨過了，海水也漸漸退了，村民才找回自己的獨木舟和舢舨船，受傷的村民在淺草灘地找到一些藥草，捏碎之後在傷口上塗抹，Api為了尋找Tarabate也一個人來到海灘遇見了村民，村民告訴他暴風雨剛過，海邊很危險，Api告訴村民說是要找Tarabate，村民說沒看到，Api有些失望的表情，突然看見受傷的村民，「怎麼了？」Api說。「被礁石刮傷的。」村民說。Api看著傷口上的藥汁，「要包起來才行。」Api說。Api立刻從淺灘處找了比較大的葉片和草藤給村民捆包起來。「好了。」Api說。「謝謝。」村民彎腰答謝，Api和村民一起離開淺草灘，回村落去了。此時Tarabate也得到Api到海邊找他，欲前往海邊，被Terraboe阻擋下來，「你這什麼意思？」Tarabate說。「Api也許回來也不一定。」Terraboe說。「你沒聽說Api在海邊找我，我怎能放心？」Tarabate有點生氣也擔心的說。「是你沒聽清楚，從海邊回來的村民都一一到了村子。」Terraboe說。「好了，Terraboe，不要說了，Api是Tarabate的妹妹，當然做哥哥的難免會心急。」Asilao王子說。Asilao王子又對Tarabate說：「放心好了，我已經叫巡守隊去海邊巡視了，不會有任何人發生意外的。」「希望。」Tarabate輕答一聲。在村落市集裡殘留著暴風雨的遺跡，家家戶戶整理門戶和積水，石碗，木盆都

裝滿了雨水，乾淨一點的可以用來煮米，煮菜，剩下的就洗工具。雨水對村民來說也是一種享受，至少不用到河裡去挑水來用，整個市集在下雨過後顯得更忙碌。

隨著祭典的腳步越來越近，Gomach村民在山林之中獵鹿，山羌，豹的足跡直逼整個山頭，爬上Dorida山，站在山頂上向下望，一片阿河巴的草澤地，在那裏有很多鹿棲息，野地花草隨風飄揚，傳來陣陣花草香，追逐一隻山豹可以為祭典帶來無比榮耀，山下的Babosacq村的村民逐水草而居的在阿河巴獲得一份食物。Taro和Tarabate兩個人越過了山來到這裡，只要穿過阿河巴就可以到達Abouan村，順著山坡小路往河岸走就可以看見大湖河岸了，在Babosacq村就是靠近大湖岸的村落，此時大地震動了，搖晃了樹枝，湖怪從隱沒的湖中探頭出來，身體在大湖之下，Taro在山坡上看得很清楚，「就是那個湖怪嗎？」Taro說。「看起來是。」Tarabate說。「咱們這座山向來平安無事的。」Taro說。「Abouan村山崩以後，Dosach村的山也塌了，這一切都顯示著快輪到我們了。」Tarabate說。「咦？」Taro說。「開玩笑的，走吧。」Tarabate說。Taro和Tarabate順著山路要回Gomach村時，突然看見Mahario和Rakusal兩個人，「你們怎麼？」Taro說。Mahario向Taro說：「你們從那裏來？是要往哪裡去？」「我們要回Gomach村，你呢？」Taro說。「我們從Babosacq村，這是我弟弟Mahario，我叫Mahario。」Mahario誠懇地介紹。「有什麼事嗎？」Tarabate說。「我想請你們…。可是你們是Gomach村，不方便。」Mahario說。「有什麼事？」Taro說。Mahario和Rakusal

兩人轉頭想離去，Tarabate開口說：「你儘管說，沒關係。」「真的。」Mahario說。「我們要去Dorida村，可以帶我們去嗎？」Rakusal 說。「咦？Dorida村？」Taro說。「是啊。」Rakusal說。「為什麼要去Doaida村？」Tarabate說。「那是因為Dorida村正在舉行祭湖神慶典。」Rakusal說。「那是什麼？」Taro說。「自從Dosach村的大山崩塌以後，Dorida村的王子感應到大湖裡的湖怪還會出來侵害村民，Dorida村的大祭司也發現到湖神會不定時讓湖怪出現。」Mahario說。Taro看了Mahario和Tarabate一眼，Rakusal繼續說：「Dorida村的王子就讓大祭司準備祭湖神慶典，不只如此，連Kakar村和Tavocol村，還有Assocq村都被邀請參加。」Tarabate沒有說話，看著Mahario和Rakusal兩人的背影離去，風從山下吹到山上，再從山頂轉個彎飛出去太空。「Tarabate。」Taro叫了一聲。「回去吧。」Tabarate說。兩人往山下走Gomach村走回去。

羣獸齊飛，綠草茫茫的山頭，野火蔓延的草地在村民的巧手裝扮下，又重新呈現新的農耕地，晨曦的露水和向晚的甘露滴落在乾涸的草葉上，河面因拍打濺起水花，歌聲就像在河中穿梭的魚群迴盪在山谷中，聆聽著不同的腳步聲和吹笛的呼喚聲，山頭欲合奏的聲音如飛鳥歡愉的鳴叫聲，湖光水面照映在山頭景色有如山景多樣的色彩變化在湖裡的水漾生物。站在河岸邊，一戶一戶的汲水洗滌，日出、日落、天黑、天明……，鳥飛、鳥歸，垂葉低頭向晚霞。Taro把Dorida村的事告訴Asilao王子，Asilao王子只有淡淡地一笑，笑得很自信。卻不知危機就在前面，如今看破危機的方法卻使自己陷入村落共主之爭。

整個海岸礁岩佈滿了碎石沙灘，徜徉在海灘上碧海藍天，村落男男女女牽手漫步沙灘，對著大海高歌，對著山稜開嗓，嘹亮的歌聲傳遍整個大地，夜裡圍著螢火在述說著古老的故事，這故事遠從大海裡漂來，在竹林裡發出野獸的哀嚎聲，村民的喜悅依然沒有消失，為了準備這一刻的全新歡樂，累了，累了，大家都累了，Asilao王子要巡守隊加強巡視村落，讓每一個村民都能安然的度過美好的夜晚。站在瞭望高台上張望的巡守隊發現了異常現象，這現象就是整個海岸出現了大怪獸，像海怪一樣的東西，這大怪獸算算也有八隻腳那麼多，巡守隊從瞭望高台下來將這件事告訴村民和其他巡守隊，村民得知此消息立刻到大祭司那裏通知Asilao王子，大祭司對著天念出咒語，當大祭司停下動作，Asilao王子說：「怎麼了，大祭司。「王子，請你到海邊去，這是海神的旨意。」大祭司說。「要我去海邊？」Asilao王子說。「大怪獸就是為了這個才來的。」大祭司說。Asilao王子停頓了一會，「好吧，我知道了。」Asilao王子說。Asilao王子帶著巡守隊往大怪獸的海岸方向去了。「沒事吧，大祭司。」村民說。「放心，我也去。」大祭司看著屋外凝結的雲層說。天空似乎要下雨了，「要下雨了，回家收東西。」村民說。村民立刻一哄而散地回家了。大祭司面對著大雨即將來臨，似乎有所感應，雨還是下了。

天邊一道閃亮光芒從天而下的向大地直劈而來，村民嚇得躲開，有的在樹底下躲藏，有的來不及回家在空地裡被光芒射中，昏倒在地上，Asilao王子得知狀況，立刻前去了解，聽著閃電擊中的村民的哀嚎聲，撕裂了Asilao王子的心，Taro帶著村裡醫護人員在緊急救難屋裡為村民療傷，Api得知村民受傷也在Salack村成立救護站，讓大家敷藥，Tarabate看著Api，「不要太累。」Tarabate說。「嗯。」Api說。「雨不知停了沒？」Tarabate看著屋外，就在此刻一道從天而下，接著雷聲四起，大雨又開始繼續擾人了。Api專心為村民準備藥草，專注的表情讓Tarabate看了很心疼，「你自己也要記得休息。」Tarabate說。「我沒關係的。」Api說。Tarabate站在門邊看著屋外有人進來了，「Asilao王子來了。」村民說。Asilao王子看著救護站的村民，也看著Tarabate，「辛苦你了。」Asilao王子說。Tarabate沒有回答，Asilao王子看見了Api，立刻走向Api，Api看見Asilao王子非常的驚呀，「王子，怎麼來了？」Api說。「你都不眠不休的在這裡照顧村民，我還能不來嗎？」Asilao王子說。Api沒有說話，端著藥草，Asilao王子抓著她的肩，「要記得休息，我，我會擔心你的。」Asilao王子說。「不用擔心我，海岸那裏不是有怪獸，怪獸怎麼樣了，有村民受傷嗎？」Api說。「怪獸不用擔心，我會處理，以後不管發生任何事都要保護你。」Asilao王子說。Api看著他，Asilao王子將她擁進懷裡，天地一瞬間雷聲一作響，大地震動了，閃電一道一道的下，Api在Asilao王子的懷裡輕輕地說：「雨勢好像越來越大了。」Asilao王子摟著她，心裡百感交雜有如閃電一般熾焰的發著光。

在舢舨船的橫渡之下在大湖邊有一群人努力地生活著，自從大湖被大山的土石掩埋了一部份，部份村民仍然在湖內穿梭捕撈和洗滌，Baberieng村遷村後的那條竹橋仍然還在，即使有

暴風雨吹襲過，湖水掩蓋過，竹橋依然是Baberieng村民往來兩岸的重要通路，除了舢舨船和獨木舟以外。Baberieng村民也知道這竹橋是Dorida村的Aslamie王子建議興建的，年紀輕輕的王子就有如此不凡的智慧讓村民感到呀異，Babosacq村和Baberiang村向來交易熱絡如親的兩個村落，不會因為遷村而失去聯繫，就是靠這條竹橋變得更緊密。當得知Dorida村要舉辦祭湖神慶典，Mahario和弟弟Rakusal兩人非常地勤快起來，在山腳下麻莖編繩，在河邊勤快捕撈，有時也會隨著Babosacq村民一起打獵，Mahario這天一個人在草灘地撿拾野菜遇見了來自Baberieng村的Daha和Moi姊妹倆，兩個人看見Mahario，「今天怎麼妳一個人？」Daha說。「是啊，Rakusal總會有自己的生活嘛！」Mahario說。「是啊，過不久Rakusal也是村裡的勇士喔。」Daha說。「勇士？還早呢？」Mahario笑著說。「聽說這次湖神慶典裡Aslamie王子還舉辦了射箭比賽，Rakusal可以去試看看。」Moi說。「就是為了這個，他才說不跟我一起行動要自己去練習打獵。」Mahario說。「原來是這樣。」Daha驚奇地說。三個人就這樣邊走邊聊地說不知不覺地採了一些野菜和藥草，「Daha，你真用心，在村裡開個藥舖為村民治病。」Mahario說。「其實生老病死都是一樣的，只是能讓村民多活一點，也算是一種責任吧！」Daha說。「嗯。」Mahario輕回一聲。過了很久，沒有說話，草坡上的草隨風搖擺著，大湖裡的水讓風吹起了水紋，沙洲上的村民忙碌的身影倒映在水面上，太陽從山頭到湖頂中央直烈烈的照在水面上，暈開一種強烈讓人睜不開眼的光芒。「要回去了。」Daha

說。「我也要回去了。」Mahario說。「回Babosacq村真的很方便，自從這裡開了一條路之後。」Moi說。「是啊，自從大湖掩埋以來，Babosacq村遷到山下，活動範圍變小了，Dorida村的Aslamie王子建議Tavocol村的Abuk王子開了這條通往大湖的路，Baberieng村也有了竹橋可以通行兩邊啊。」Mahario說。想到這，三個人忽然笑了起來，「你笑什麼？」Moi說。「誰不知道Abuk王子對Moi一見鍾情啊！」Mahario笑了說。「姊。」Moi看著Daha害羞起來。「好了，Mahario是跟你開玩笑的。」Daha說。「不過這說真的，Moi和Abuk王子、Daha和Amui王子有誰不知道的好事？可要好好慶祝喔。」Mahario說。「都說開玩笑了，還說。」Daha說。「不，Amui王子可是認真的喔。」Mahario說。Mahario的話讓Daha想起了Amui王子曾在遷村的時候說出的那段話，彼此都刻在心裡，雖然Amui王子什麼都不說，偶而還會透過Pahar傳達訊息給她，近日大地震動頻繁，湖怪又出現，Dosach村和Kakar村的安危，讓Amui王子不能不加以重視，Daha想邀請Amui王子來參加Dodida村的慶典，只是王子有空參加嗎？風掩不住太陽強烈的光芒，Daha只好默默想著。「我要回去了。」Mahario說。在分叉路上，Mahario和Daha、Moi分手，Daha和Moi過竹橋，Mahario沿著山坡小路回去了。強烈的陽光，鳥叫的回音和村民渡河的歌聲相互合奏的交響曲宛如一場音樂會。

站在河岸邊觀望往來的獨木舟和舢舨船，Abuk王子看著河底亮麗透明的光芒，沿著礁岩向海岸延伸構成一幅美麗的圖畫，在海面上的波浪透著天空裡泛白、泛紅、泛黑的色彩光

芒，礁岩的世界繽紛多樣的令人流連忘返。Abuk王子沉思這片海洋之際，Amo來找他，「王子，原來在這裡。」Amo說。Abuk王子看了Amo一眼，沒有說話。「在想什麼？」Amo說。「這段日子村裡總是不平靜。」Abuk王子說。「是指大海怪和湖怪的出現嗎？」Amo說。「大海怪出現和大地也震動了好幾次。」Abuk王子說。「聽說Dorida村要舉辦祭湖神慶典，邀了王子參加。」Amo說。「嗯。」Abuk輕回一句。「那王子準備參加了嗎？」Amo說。「嗯，而且還讓Tavocol村的勇士參加射箭比賽。」Abuk王子說。Amo看著Abuk王子，兩個人沒有說話，靜靜地看著這連著湖水的和海水的河面，風吹動水面攪動Abuk王子的心，從山頂草原裡來了一群人正向Abuk靠近，這一人手持著弓箭，準備射出第一箭，一隻大飛鷹飛過，Abuk王子提起弓箭射出，大飛鷹中箭倒地，Amo向前看著大飛鷹，Apo也向前去，大飛鷹身中兩箭，一箭穿心；一箭穿肚。Amo看了箭的方向，「王子，你射中了。」Amo說。「不，明明是我們射中的。」Apo說。Abuk王子看著大飛鷹身上的兩支箭，對Apo說：「我是Abuk王子，Tavocol村。」Apo看著Abuk王子，「我是Apo，我哥哥是Ashin。」Apo說。「很高興認識你。」Abuk王子看著四周說。Abuk王子看著大草原，「把這隻肥美的大飛鷹烤了，一起吃，怎樣？」Abuk王子說。「咦？」Amo疑了一下。「是啊，大飛鷹是天神給我們的禮物，Apo，起火。」Ashin說。「Amo，造架。」Abuk王子說。一個起火，一個造架，另外兩個忙著找木條，竹枝，殺鷹待烤，在風的助勢下熊熊烈火讓大飛鷹很快地烤熟了，Abuk王子和Ashin一起分食著，Amo和Apo兩人也逗笑得分享著飛鷹肉的美味，塗上野果漿料的鷹肉香味四溢，引來不少在河裡的村民駐船觀望，紛紛拿起船上的魚烤了起來。在大草原上，聞著草香，享受著大地漿果烹烤的美食，太幸福了。Abuk王子的真性情深深吸引著Ashin，Tavocol村離Assocq村只有一地之隔，相近如天涯，卻又天涯如近尺，這大飛鷹建立了村落之間的情感，誰道大地無情？

大草原群鹿亂飛，山羌在山坡上奔跑，野豬四處齊鳴，村民為了求得射箭好手藝流連奔放在大草原和山坡上，野獸們開始成了村民的箭靶，也有的村民在海岸邊射鏢槍，在水中刺條大魚歡欣鼓舞，刺中小魚就放生回游大海讓它成長，Tavocol村和Bodor村村民徘徊在兩岸之間，有草原香氣凝神的舒適，有大海洗淨的清涼舒暢，有夕陽斜照的山坡和佈滿山頭的彩光暈染絢爛的雲彩，村民自比住在神仙之地。也因為Bodor村正要準備祭典，村民可真是忙翻天，市集裡掛滿了山林獵場的戰利品，熱騰騰的食物在每一個人的臉上洋溢著笑容，薯餅、米包，肉乾等，往來在Gomach村與Bodor村之間又渡河穿海的在Tavocol村之間，Terraboe一個人穿梭在大草原上，仰望與海連接的無邊無際的草原，Hoha和Smigal兩個人在草原裡找尋要裝在竹籃裡的糧食和藥草，當他們欲回頭往市集的時候看見了Terraboe，「你一個人在這？」Hoha說。Terraboe看著Hoha手上的竹籃，「村落很久沒這麼熱鬧過了。」Terraboe說。「是啊，村民都好高興喔。」Hoha說。Bodor和Salack村的祭典是一年一度的聯村祭典，也是祭海神儀式。」Terraboe說。「想

不到Dorida村也有祭湖神儀式。」Hoha說。「管他的，只要村裡熱鬧就好，我們生活也快活。」Terraboe說。「是啊。」Hoha笑著說。Hoha的笑在微微的陽光照射下顯得如花一般的燦爛，「你笑起來好美。」Terraboe說。Hoha害羞地低著頭，Smigal從草原上另一邊看著她，「不要回去了嗎？」Smigal說。Hoha才發現自己和Terraboe說話忘了Smigal的事，「我要回去了。」Hoha說。「嗯。」Terraboe輕回一句。Terraboe繼續望著那無邊際的大草原，Hoha回頭看了Terraboe一眼，微微笑著往Smigal方向走去。

嗅著一股不尋常的味道，有巨風要出來了，Aslamie王子把心裡的感受傳給Tull知道，Tull立刻把Aslamie王子的意思傳給巡守隊，Dorida村巡守隊在村落的附近傳達大海嘯的到來，叫村民不要駕船到大海去，然而Dorida村巡守隊也通知Bodor村及Salack村、Gomach村的巡守隊，希望這些村落的村民能夠遠離海邊，往山上跑，Tavacol村的Abuk王子在接到巡守隊的消息之後，不知真假，但，為了村民的安全還是不得不警戒。Abuk王子自從和Ashin在大草原狂歡之後，兩人也成為莫逆之交，守護海岸平原和草原的責任勢在必行，Abuk王子再度拜訪Ashin，Ashin站在草原上嗅著風向，看著草灘上出現莫名奇妙的小生物，「這些小東西怎麼排一排，要去哪？」Ashin看著地上說。Abuk王子看著Ashin說的地方看去，「莫非真有大海浪出現？這些小東西感應到了要避風頭。」Abuk王子說。「那就是說Aslamie王子能感應大海之變？」Ashin說。「不知道，通知村民要緊。」Abuk說。「是。」Ashin說。Abuk王子自己也不知道這大海浪會捲多高，傳說中的發出大吼聲的巨浪嗎？」Tull把Aslamie王子的意思告訴Abuk王子的時候同時也告訴Asilao王子一定要將村民撤離五尺以外的安全之地，五尺以外，不就是海岸礁岩都不能逗留了，遠離海灘地，巡守隊按照Asilao王子的意思在海岸沙灘的草埔地設立高台駐守，以防止村民不慎進入海岸發生危險，Taro不明白為什麼Asilao王子要這麼相信Aslamie王子的感應，Asilao王子告訴Taro說：身為王子有任何危險的可能都要去防備，才能保護村民。」因為Tomel村也是靠海，Asilao王子也派人告訴Gali王子希望Gali王子能夠將村民的生活區遠離海岸沙灘，在荒草埔上設高台駐守保護村民，Gali王子接到Asliao王子的訊息，想起上一次Gomach村因為大海襲擊而受害，村民也不敢鬆懈，於是Gali王子讓Akin和Anui兩個人協助巡守隊架設高台駐守海岸。風越吹越流暢，海水越打越波動，草原裡的草早彎了身子，海灘裡的小生物早已成群結隊不知去向，天上的大海鷹、山上的藍鵲、紅鷹、飛燕、紅雀也都紛紛集結天空，盤旋又盤旋，鼓動著翅膀，著急的鳴叫聲像呼喚著親人，山豬、野鹿、山羌、猿猴紛紛入穴而眠，來不及的就狂奔亂竄地等待同伴的救援，這樣不尋常的山林異動，難道就是Aslamie王子的感應嗎？大海浪即將淹沒海灘，淹沒的海岸沙灘足以讓村民一生都難忘？Abuk王子和Asilao王子及Gali工了在各白村落的祭司府裡，大祭司感應到什麼？大祭司說了一個字：「王。」王？亡？到底是哪一個？村落亡嗎？Gali王子和Abuk王子顫抖了一下，Asilao王子心裡明白不是亡便是王，難道暴風夫人的預警，這只是一個開始？

森林裡的野獸們傳送不尋常的訊息，平常活蹦亂跳的獼猴突然變得安靜了，山野雉雞開始築巢，山豬也變得神祕了些，山羌和山羊也開始保護自己的孩子，山路上的蜘蛛和瓢蟲、龜蟲都密集的行走，田野裡蚯蚓翻身，村民紛紛爭相走告，傳遍整個山頭，這個大災難要來的警訊傳遍所有村落，也有村民在大湖邊Abouan村的河邊看見湖怪和河怪的出現，隱沒地微微浮出水面又沉入水底，這些不尋常的消息讓村民開始貯量，備食，河流上、大湖沙洲上，阿河巴草埔灘都留下村民尋找食物的足跡，山坡上的獵物射一隻一個喜悅。村裡紛紛流傳著不尋常訊息的災難來臨，也有村民不太相信，認為只是巧合，經過一次大山崩塌的Dosach村村民認為天神還會再降臨災難給他們嗎？Amui王子在市集裡走著，面對村民的恐慌，何嘗不是Amui王子所擔心的事，從市集裡走著、走著到河裡的沙洲，看著這麼多人在忙碌著。在沙洲的對岸Saiyun看見Amui王子，本想叫住Amui王子的Saiyun看見了Daha和Moi坐在舢舨船上正向沙洲靠近，Daha付了船資給船伕，「姊，在這裡好嗎？」Moi說。「聽說又有大災難要來了，我們得多準備些藥草才行。」Daha說。「我們不是準備很多了。」Moi說。「別說了，到那邊山上去再找找。」Daha提著竹籃離開沙洲往Dosach村的山坡走去，Moi看見Amui王子正在沙洲上，「Amui王子。」Moi說。「什麼？」Daha說。Daha示意Moi趕緊上山，Moi指向Amui王子的方向去，「你看，Amui王子呢。」Moi說。Daha轉頭往Moi說的方向果然看見Amui王子，「要叫Amui王子嗎？」Moi靠近她說。Daha很想Amui王子，可是知道他現在一定為了村裡的傳言而煩惱，「走吧。」Daha說。Moi看著Daha往山上走去，一邊跟著一邊喊Amui王子，Daha輕打她，「不要叫，沒聽到嗎？」Daha說。Moi嘟著嘴，「Amui王子。」Moi又叫了一聲。Daha不理她繼續走，Amui王子彷彿聽見有人叫他，便轉頭一看，好像是Moi的身影，Amui王子就向前走了過去，Saiyun也坐船渡湖，「王子要去哪裡？」Saiyun突然傳出這句話，Amui王子回頭看她，笑笑地看著Sayiun，「你怎麼會在這？」Amui王子說。Saiyun故作姿態地說：「聽說有災難要來，我怕藥舖裡藥草不夠，所以想過來多摘些藥草。」「這樣喔。」Amui王子說。「王子可以陪我一起過去嗎？」Saiyun指著剛才Daha走過的山坡路Amui王子為了想證實剛才看見的是不是Moi，於是就答應和Saiyun一起尋找藥草，在彎曲的山路裡不僅花草茂盛，連蝴蝶、蜜蜂都到齊了，Moi不小心被蜂刺了一下，唉叫一聲，Daha立刻看著她略帶紅腫的皮膚，「我先幫妳止痛一下，今天就到這好了，我們下山去。」Daha說。「姊，我就叫妳別來嘛！這兒很危險的。」Moi撒嬌地說。Daha笑著看她，推她一下，Moi又叫了一聲，Daha不理她。由於Moi的叫聲讓Amui王子以為有村民發生事情了，於是Amui王子大步快跑地往Moi方向去，當Amui王子到達時，看見Moi正起身準備和Daha一起離開，「Daha，真的是妳，剛才在沙洲上看見Moi的背影還不確定妳會在這出現。」Amui王子有點高興說。Amui王子一掃剛才的煩惱向Daha走近，這時候Saiyun出現了，Moi立刻向Saiyun走過來，不讓Saiyun叫Amui王子，Daha看著Amui王子

沉默了好久，「村裡將有災難，王子不該擔心我的。」Daha說。Amui王子沒有說話，只一股力量把Daha抱在懷裡，Daha將裝著藥草的竹籃輕輕掉在地上，Moi走過來拿起竹籃，看著Saiyun說：「走，我們去那裏。」Moi拉著Saiyun往另一條小徑走去，Saiyun心不甘情不願地跟Moi走了。Daha的淚水開始不聽使喚，Amui王子鬆開她，幫她拭淚，Daha自己擦去淚，「明明想我，為什麼不來找我？」Amui王子說。Daha一邊擦淚，一邊左右張望，才慢慢說出：「我沒事的，只是到這來採藥草而已，王子應該為最近的傳聞多安撫一下民心，讓村民安心才是。」「妳明明知道能解開我心中煩惱的除了妳，沒有別人，卻偏偏不讓我陪著妳。」Amui王子有點小怨說。Daha沒有說話，Amui王子看著她，身邊的蝴蝶不停地隨風飛舞，「你就怨我吧，怨我身為王子不能時時刻刻陪著你。」Amui王子說。「王子，不要怪自己，也許這是天命，天神安排讓我們相愛，天神在考驗王子。」Daha說。「考驗？」Amui王子說。「王子一定要通過考驗。」Daha說。Amui王子又再度將Daha緊緊摟住，風依然在樹頂上吹著蝴蝶，葉片隨風飄落。Saiyun一邊拿著樹枝一邊在地上亂畫，「你畫什麼？」Moi靠近她說。Saiyun趕緊塗掉地上的字跡，「Amui王子喔。」Moi有所思地說。Saiyun站起來兇狠狠地瞪著她，沒有說話，「瞪什麼？誰不知道Amui王子心裡只有我姊姊，妳死心吧！」Moi說。「不理妳。」Saiyun說完之後，就走了。Moi看著Saiyun離開想起了Daha在跟Amui王子一起，她正要回頭找Daha，Daha和Amui王子碰見了她，「怎麼只有妳一個人？Saiyun

呢？」Amui王子說。「走啦！」Moi沒好氣地說。「怎麼可以讓她一個人下山？」Daha說。「我攔不住啊！」Moi說。「我們快下山。」Amui王子說完，牽著Daha的手快步向前走。，Moi看著他們，「莫名其妙。」Moi淡淡說出，然後跟著Amui王子和Daha的腳步下山。

沙洲上的舢舨船紛紛靠岸拿著竹簍裝著從湖底撈起來的蛤蠣，田螺、海菜，木桶裝著不少魚隻，小孩在溪流處清洗身子，Saiyun從山上跑了下來，想哭卻哭不出來，想起剛才Moi對自己說的話有些生氣，一個人來到沙洲的大石上坐著，望著湖水，往來村落的獨木舟成了她凝望的對象。Abok在Kakar村打獵完回到藥舖，聽到Saiyun在採完藥草的河邊看見Amui王子一個人在沙洲上就一個人搭船渡湖找Amui王子，Abok很快地到達湖邊也渡了河，來到沙洲遠遠看見Saiyun一個人坐在大石上，「什麼事一個人坐在這裡嘆息？」Abok說。Saiyun轉頭又驚呀地看著Abok，Abok站到大石邊，「說你來到沙洲，我還真不敢相信，誰又惹你生氣了？」Abok笑著說。「等一會你就知道了。」Saiyun看著湖水說，丟了一個小石子，湖水掀起圈圈外擴，「如果是Amui王子那我可幫不了妳。」Abok說。「你又笑我了。」Saiyun說。時間過得真快，不一會Amui王子、Daha也下了山，在草地遠遠望像沙洲湖面，Moi跟上來，他們看見了Saiyun和Abok兩個人在大石那裏，「在那裏。」Daha指著大石說。Amui王子總算放了一顆心。「早說過沒事的嘛。」Moi說。Daha看了Moi一眼，Amui王子向Abok走近，「看到你在這裡，我就放心了。」Amui王子說。Abok

和Saiyun同時向Amui王子看過去，也看見了Daha和Moi兩個人，Abok向Daha和Moi打個招呼，Daha也對Abok打個招呼，「Saiyun，沒事吧，讓你一個人下山。」Daha關心的說。「還好啦！」Saiyun說。天氣有點變了，風吹起，雲層變厚了，太陽要下山了，「該回去了。」Amui王子說。「嗯。」Abok輕答。「Moi，我們走吧！」Daha對Moi說。Daha對Amui王子笑著就往沙洲搭船的方向去，「等一下，讓Abok跟你們一起渡河，Abok，就麻煩妳了。」Amui王子說。Abok、Saiyun、Daha、Moi四個人搭上了船，Amui王子向Daha揮手，Saiyun、Daha同時舉起手，Abok看著Daha和Amui王子，心裡突然想起那個女孩—Ama，至今尚未再有見過面，不知怎地風吹過水面的波紋正在Abok心裡產生了水漾般的紋路。

在山頂上吹著風看著山間的雲層，似有似無地遮蓋了山稜，俯瞰著山下的田野農作物綠草芳香，看著雲朵從頭頂上飄過，從樹梢上流過，在Abouan村的市集裡流動著交易商品的村民，Tawo王子在市集裡走著，從村民口中得知阿河巴那裏有河怪出現，河怪又出現了，Tawo王子往阿河巴走去，並派巡守隊通知Siro，走過的草野小徑，村民看起來雖然很害怕，為了生活還是得繼續在野外覓食和打獵。河怪很久沒再現身了，從巡守隊回報說，Tomel村的Gali王子接到消息將有大海浪淹沒沙灘，海岸礁岩將被沖毀，Tomel村也和Gomach村一樣要村民遠離海岸邊五尺以外，防止被海浪捲入。Tawo王子深呼吸一口，望著河邊的大草原，往來河上的舢舨船從沒有停止過，在Paris村裡奔跑的山羌和野豹不斷地出現在河邊飲水和覓食，只要村民沒有攻擊的行動，這些山羌和野豹是不會攻擊村民的，村民將餓死在山腳下的野豹抬回家，也給野豹一個安息之地，豹皮是最好的禦寒衣物，不過一隻豹皮製作的豹衣有限，通常都是給老人家或者小孩優先製作的，一般成年者都是以鹿皮製作的皮衣禦寒，或者用鳥的長羽毛縫製串成的羽毛衣，這些在Paris村和Abouan村非常流行，因為地處地勢較高的山地也比起Tomel村和Gomach村來說，天氣有的時候會變得很冷，在同樣位於峻高山區的Dosach村也是和Paris村一樣穿著豹衣和羽毛衣禦寒，天氣熱的時候，村民都是衣不蔽體，只有縫製一小件貼身圍住腰部以下的地方。Tawo王子看著舢舨船上的貨物一件件地被村民扛背到市集，心裡的感觸非常地多，大山會塌，大海會淹，大地會震動，生活無時無刻在變，現在想著自己還有什麼沒有做的？Tawo王子突然想起在河怪抓走他的那些天，大將軍說的話，村落王國這是什麼意思？大將軍要他和Amui王子聯合一起推舉村落王國，大地之王就會產生，Tawo王子想著又長嘆了一口氣，「王子想到什麼？嘆這麼多氣？」Siro傳來這句話。Tawo王子回頭看Siro一眼，「王子在擔心什麼？」Siro說。「這麼美麗的大草原，一年逢生一次，才能讓村民繼續生存下去，如果毀了，該怎麼辦？」Tawo王子說。「王子是為了Gomach村那裏傳來大海浪的消息嗎？大海浪就像大山崩一樣，相信天神自有安排。」Siro說。「也許吧。」Tawo王子說。在這河流邊及海岸邊都有極具美麗豐沛的大草原，Tawo王子的擔心不就是Asilao王子和Abuk王子為這美麗的海岸平原所煩惱的事嗎？

村落王子們的煩惱和感應，讓整個村落再次陷入危機，原本一片情朗的好天氣，突然烏雲一片，雲層越加越厚，村民趕緊奔回家避難，天空裡出現一到閃爍白光由天而降地直射而來，接著一個巨大聲音由空中拍打下來，過了一會大雨就啪、啪、啪的傾瀉下來，這就是雷雨。短短的時間下的有如大山爆發開來的河水不斷地滾滾流入大海，山頂上搖晃的樹枝被那一道白色閃光劈斷了，白色閃光的厲害使得村民不敢在村外徘徊，若是無法回到村子，也必定在山上木屋裡躲避。這場大雷雨造成Abouan村的河流膨脹起來，也讓Tomel村的海岸淹沒，Dosach村的大湖更聚集了各方小河流淹沒了沙洲，Tavocol村的海灘開始積水，Bodor村的海岸沿著海岸線到Gomach村都被這突然來的大雷雨征服了。Aslamie王子身穿輕便鹿皮衣一個人站在Dorida山坡上望著山下，從這個地點看著大海一覽無遺，翠綠的兩條河流和雪白的沙灘在Dorida山的東邊延伸到西邊，跨越兩條河流，依山傍海的好家園，Aslamie王子心中的想法被天神識破，也被天神視為這片神山的守護者，看著雨水洗刷過的河流特別的激動，海岸沙灘特別的潔白，海岸平原特別的有朝氣，昆蟲、螃蟹等小生物都出來散步了，河裡和海裡的魚特別多，從那聚集的舢舨船就可以看得出來，一艘艘並排的船隻互相圍捕海上的大魚，然後再到村落市集一起分享。積水的阿河巴草攤也活躍了起來，大湖依然聚集了舢舨船和獨木舟，Aslamie王子想著這遠山矗立的美景，每年都有不一樣的變化，野豹和山羌在溪流覓食，野鹿在草原地奔跑，野豹追逐野鹿，村民追逐野豹，如果不受地域的限制那村落可以更加和諧，村落可以更加繁榮，村民可以更加寬廣地活動，Aslamie王子的想法讓大地之神聽見了，天神也知道了，讓這座山下的村民共享這一片山林海岸美景與資源。Aslamie王子往山下要回Dorida村的時候，在山路交叉口遇見了Gomach村的Asilao王子到山坡上巡視，兩個人也因此閒聊起來，各自談著最近村落的生活狀況，「海岸是很潔淨，自從村裡來了一群不明人士之後，海面上時常漂來一些不明物體，我感覺在這裡以外的大海還有別的居住者。」Asilao王子說。「Asilao王子是擔心有人會搶走這裡，趕走村民？」Aslamie王子說。「沒想太多，只覺得我們需要製造防衛的武器來抵抗。」Asilao王子說。「是啊，我也有個想法，在海岸平原架設高台，大山那邊也是，派人日夜輪守，看到可疑狀況趕緊通知所有人和巡守隊。」Aslamie王子說。「有可能嗎？」Asilao王子說。「要做到這些就必須各村落合作，共推出一個村落共主，村落王子就是分主，設立一個村落集會所共同商討村落大事，巡守隊共同訓練。」Aslamie王子說。Asilao王子微微笑著看著他，環顧四周，許久沒有說話，「這是我的夢想。」Aslamie王子說。「夢想？」Asilao王子有點疑問了一下。「是啊，我常夢想著在這裡建立一個理想王國，讓村民過得無憂無慮的生活，天下太平的生活。」Aslamie王子說。Asilao王子現在終於明白暴風夫人的話了，「你也知道在村落那裏也時常遭受到從海上漂來的不明物體干擾，唯有村落聯合起來就不會受到侵犯，同時也保護村民。」Aslamie王子說。「你是說讓村民聯合防衛村落？」Asilao王子說。「打獵的時候不是也常常為了一隻鹿在

吵架？」Aslamie王子說。「也是啊。」Asilao王子說。「所以這樣下去不可能有和平共處的時候，只有村落合作共同建立一個理想家園。」Aslamie王子說。「你打算怎麼做？」Asilao王子說。「沒想到。」Aslamie王子說。談著、談著天氣也漸漸向晚了，太陽要漸漸接近海平面了，「天色不早了，先回去了。」Aslamie王子說。「嗯，我也要回去了。」Asilao王子向Aslamie王子道別說。山頂上的風隨他們流落山下，吹往村落。

村裡的勇士在市集外的村落空地勤練體操，射箭，在山坡路上來來回回的跑步著，沒有人喊累，這是位於海岸平原的Salack、Bodor兩村的村民為了防止大地震動時發生災難所做的訓練，雖然很簡單，上次大雷雨淹沒海岸的時候，為了拯救被海水淹沒的村民也是費了好大的力氣，於是Tarabate和Terraboe兩人帶著兩村的巡守隊們一起加入戰鬥訓練，有時候村民工作完畢要回家，看見這些巡守隊辛苦的操練，都會拿出自己製作的涼水和食物給他們補充營養和體力。Taro也會帶著Gomach村的巡守隊到Salack村和他們一起練習，環繞著三村的外圍日以繼夜的跑著，從日出到日落，海上薄霧掩蓋了天幕，山頂出現了星斗，月亮成為村裡的守夜者，村民才安心的入眠。Taro累了一天了，想早點休息，看見Asilao王子的住處還亮著燈，Taro就走到Asilao王子的住處詢問了一下，看見Asilao王子一個人坐在桌前，想著事情，好像沒有要入睡的樣子，「王子，睡了嗎？」Taro說。「進來。」Asilao王子說。Asilao王子轉動身子，沒有站起來，看著Taro走進來，「這麼晚了，還沒睡？」Asilao王子說。「我看王子住處燈還亮著，所以就過來了。」Taro說。「是嗎？」Asilao王子輕答。「王子在想什麼？」Taro說。「現在村民還好吧？」Asilao王子說。「上次大雷雨的事之後，村民開始漸漸知道保護村落應該要合力建立堤防，所以現在堤防也建好了，王子可以放心了。」Taro說。「辛苦了，Taro。」Asilao王子說。「王子，你真的相信大地會在震動？」Taro說。「前一次大地不也震動了嗎？」Asilao王子說。Taro想說又制止了，「我知道你要說什麼，但不管發生什麼事都不能讓村民受到傷害。」Asilao王子說。「是。」Taro輕聲說。「好了，回去休息吧。」Asilao王子說。Taro看著Asilao王子再度靜默著，就靜悄悄離開，在房門外頓思了一下，就走了。晚上的風特別的涼爽，Asilao王子看著窗外，想著那天和Aslamie王子在山上的對話，令他不知不覺開始思索除了保護村民以外，還有更重要的事要做，這也是為了以後千年萬代的村民著想和這一片海岸山林美麗的家園。

Gomach村的市集裡有活動買賣的村民，陶飾，鹿皮掛滿街頭，當Api從市集裡挑選好自己要的飾品準備回Salack村的時候，突然一陣晃動，Api原以為是自己近日睡得不好而頭暈，等她回神過來時卻發現市集攤位上的物品掉落下來，她問了原因，原來剛才那一晃不是她頭暈，而是大地又震動了，Api感覺不太好趕緊回家，在回Salack村的途中聽得村民議論紛紛，在Gomach村外的海岸沙灘與草原連接處出現一個大裂縫，有人掉下去了，巡守隊正合力搭救村民。當消息傳到Asilao王子那裏，第一時間內Asilao王子立刻趕到海岸沙灘的草原處Asilao王子眼看著被震得彎彎曲曲的地面，整顆心都揪在一

起，當Asilao王子看著巡守隊正合力拉起掉落坑裡的村民，大步向前的同時向村民拿了一條繩索拋向坑裡的村民說：「抓住。」村民仰望著Asilao王子，Asilao王子示意他抓住，當村民近抓著繩索，Asilao王子要大家一起將繩索拉上來，過了不久，坑裡的村民被拉上來了，Asilao王子看著他說：「沒受傷吧！」村民看著自己手上的小擦傷，動動身子，「不要緊的，王子。」村民說。Asilao王子看了四周，「有多少人掉下去，都救上來了嗎？」Asilao王子說。巡守隊向他說：「都救上來了，就是這次的震動，讓村民感到很害怕。」「大家先回村裡去，暫時不要靠近這裡。」Asilao王子說。村民扶傷助弱的走回村子，Asilao王子要巡守隊加強這裡的管制，以免村民誤闖，此時Taro帶著Tull來到海岸草原，Asilao王子看見Taro說：「什麼事？」「王子，Dorida村的Tull找你，還帶著Aslamie王子的口信給你。」Taro說。「你就是Asilao王子吧。」Tull說。「嗯。」Asilao王子輕回。Asilao王子看了Tull，「說吧，Aslamie王子有什麼話要傳達的。」Asilao王子說。「Aslamie王子說請Asilao王子將村民遠離海岸草原，不久之後大海將會再震動一次，會比現在更兇猛且更巨大的海浪撲向礁岩和海岸草原而來，巨浪會沖毀一切。」Tull說。Asilao王子看著那變形的地面和遠處被圍住的白色浪花，「我知道了。」Asilao王子對Tull說。「那我要回去了，Aslamie王子還說Dorida村的巡守隊會提供幫助，如果Asilao王子有需要的話。」Tull說。Taro送走Tull，Tull對Taro說：「Asilao王子需要你，留下來，我自己回去就好了。」Taro看著Tull遠離，當尚未離去的村民聽到大海會再震動，不免恐慌起來，Asilao王子對巡守隊說：「現在起站在高台上站崗巡視。」Asilao王子說完這句話之後看見Tarabate和Api兩個人走過來，Api看到那扭曲的地面也嚇了一跳，「Salack村還好吧！」Asilao王子說。「除了海岸草原有小凹陷，市集裡倒了幾間小木屋，還好啦！」Tarabate說。「房子重建好了嗎？」Asilao王子說。「嗯。」Tarabate說。「有人受傷嗎？」Api說。「受傷？」Taro說。Asilao王子要大夥一起回到村子，只有Tarabate和他一起在村子外的臨時住所等待下一個風暴的來臨。

舢舨船集中的大湖紛紛上岸回家，這次的震動實在有點大了，Baberiang村的Daha得知海岸草原出現一個大裂縫，不知道情況怎樣了，Daha在藥舖等待Moi回來，村民一個個走進來又走出去，Daha問了海岸大裂縫的消息，得知沒有人受傷，心裡也放寬了許多，Moi從外面回來，「Moi，妳怎麼現在才回來，發生什麼事？」Daha說。Moi喘口氣說：「不僅Gomach村的海岸出現裂縫，連Salack村也倒了房子和小凹陷，而且Tavocol村的海岸也出現凹洞了。」「那有人受傷嗎？」Daha說。「沒有，幸好大家都照Aslamie王子的指示去做了，沒有人受傷。」Moi說。「那大山那邊呢？」Daha說。「大山那裏，山頭是晃了一下，也還好啦。」Moi看著Daha說。Daha總算放下一顆心，有人走進藥舖，是Mahario，Daha看見她，「有什麼事嗎？」Daha說。「這次大地震動實在太厲害了，雖然沒有人受傷，不過市集裡的一些貨物，空屋也被搖得掉下來和傾斜，你這兒沒事吧！」Mahario看了四周說。「沒事，你

可以走了。」Moi說。「這是你們的待客之道？」Mahario說。「不，不要見怪。」Daha說。Daha看著眼前這位女子原本是和她一起在荒草地採集藥草的採藥師，想不到搖身一變為女勇士，「妳真厲害，從採藥師變成女勇士。」Daha看著她說。「是嗎？是我弟弟Rakusal鼓勵我的，在Babosacq村有很多像我這樣的女勇士。」Mahario說。「是嗎？」Daha說。「這都是受了Aslamie王子的感召，Aslamie王子說不是只有男子可以射箭，女子也可以學習射箭，保護家園，所以我現在和Rakusal兩個人都是巡守隊，我要繼續巡視其他村落，看看有沒有什麼問題？」Mahario說完之後，就和Daha打個招呼走出藥舖。Moi看著她，沒好氣，「神氣什麼？」Moi說。「Moi，不可以這樣。」Daha制止她。兩人久久沒有說話，過了一會，Moi說：「姊，我也去學射箭好嗎？」「怎麼你也心動了？」Daha說。「大概是這次大地震動的太厲害了吧！」Moi說。藥舖裡沒有動靜，只剩下Daha為村民抓藥的聲音。另外一方面Abuk王子得知Gomach村海岸草原裂了一大縫，也讓村民立刻遠離海岸邊，Abuk王子並和巡守隊一起巡視村落，這次震得太厲害了所有海岸村落都在準備著即將到來的大海浪，避免受到損害，Abuk王子站在瞭望台上向下望，Amo和Ashin來找他，「嘆什麼氣啊！天都被你嘆下來了。」Ashin傳來這句話。Abuk王子看著Amo和Ashin，沒有說話的三個人各自看著一處風景，嗅出海浪變動前的氣息在哪裡？三個人呆望著大海和草原，依然聞著草香和海水味的滲透於皮膚上，「Aslamie王子真是厲害，連大地震動都感應到。」Ashin說。「嗯。」Abuk王子嘆了一口氣。突然三個人的身子搖晃了一下，樹上的鳥兒和前次震動一樣群飛四起，鳴聲不停，Abuk王子感覺好像不對勁，「大地又震了，王子。」Amo說。「走。」Abuk王子想離開瞭望台，「你們看…。」Ashin大叫說。Abuk王子轉回瞭望台，呈現在Abuk王子和Amo眼前的竟是遠處大海出現幾乎與天同高的大海浪直撲而來，在Gomach村的瞭望台上的巡守隊見狀簡直不可思議，紛紛議論。「快逃，大海浪來了，快逃。」邊喊邊逃，連Salack村的巡守隊也看見了，Bodor村，Tavocol村都看見了，「出事了。」Abuk王子說完，迅速地離開瞭望台，Amo和Ashin跟著他離開。瞬間，大海浪撲上了海岸邊掩蓋了沙灘裂縫，浪高的海水受到礁岩的影響折斷高處的巨大海水沖上海岸平原，一波又一波，村民嚇得離開村子，站在村子口眼睜睜地看著自己辛苦的農作物被海水一波又一波的沖毀，一波又一波的沖蝕，想哭嗎？大家都想哭。Abuk王子來到海岸草原高處，看著海浪襲捲而過的草原和沙灘，巡守隊想要向他報告，Abuk王子舉手表示不用，看著對岸也同樣慘遭毀滅，所幸的是，各村落的村民都躲過了，幸運地躲過了，由於海浪衝上岸，隨著海岸陸地，沿著河岸激高了大湖的水量，村民嚇著了，但，很快就退了，這次大海浪顯示浪威，各村村民不敢輕易到海邊去了。Asilao王子會有什麼樣的指示，先前各村的祭典還要繼續舉行嗎？Asilao王子從山坡瞭望台上看著海岸沙灘，那個原先海岸沙灘與草原之間的大裂縫被大海浪灌進了大量海水，形成一個天然大海塘，巨大的海水淹沒沙灘毀了草原，重建家園的信心不知還有沒有，遙望著隔岸的Tomel村也

同樣地被大海浪吞沒，他看見Gali王子落寞的神情望著海岸草原，海水漸退之後，大地又震動了一次，這回村民更能平靜面對，海水退，沙灘平穩，那個裂縫也留下大海塘讓鷗鳥棲息品味，太陽漸漸地沉落海面上，天空泛著橙、黃、紅、黑的色彩相映著大海浮起浮落的波浪，又留下影子在山坡草地上揮舞著風浪吹向大海，大海恢復平靜和天空一同享受寧靜也和山林一起遨遊黑夜，村民的心靈還是不能平靜。

經過了一夜休息之後，村民徹夜未眠，趕緊跑到海岸平原交錯地看著昨天被海水填滿的大海塘，這個大海塘大如一個湖，當有人正想著這新形成的湖要做什麼用呢，突然有人哎叫一聲，因為太靠近湖了，湖邊的泥沙鬆軟，一不小心滑了，所幸村民很快地聯手把這位村民拉了起來，Asilao王子也趕到了新形成的湖邊，看著好奇的村民，有人靠近Asilao王子說剛才有人差點掉下去，Asilao王子立刻叫巡守隊用繩索圍起來，做出警示，Taro看著被夷平的草原，「這還能耕種嗎？」Taro說。「當然可以。」Asilao王子說。看著被海水侵蝕過的土地留下一片白茫茫，Asilao王子低下身觸摸一下地，用手拎起後，舔了一下，「拿工具來。」Asilao王子說。巡守隊和村民準備了木架和鍋具，放在地上，Asilao王子將湖水用木勺舀了起來倒進鍋具中，然後讓巡守隊升火燒開鍋中的水，木條越燒越旺，水越來越熱了，經過了數十分鐘之後，鍋中的水乾了，留下一層白色晶體，Asilao王子用木鏟在鍋中移動了白色晶體，將這些白色的晶體集中，「各位村民，這大湖是天神賜給我們禮物，這白色晶體也是海神送給我們的禮物，以後大家只要遠離大湖邊一公尺架設這個工具就可以有這些東西。」Asilao王子說。「那是作什麼的？」有村民問。「我知道大家很好奇，也不相信，這個可以拿來塗抹我們日常生活的打獵品，味道和埔鹽菁一樣，用於烤肉、魚、煮菜、做餅應該優於埔鹽菁。」Asilao王子說。「真的嗎？」村民又問。Taro拿了兩條大魚過來，Asilao王子要他放進鍋中，讓巡守隊繼續升火，Taro就用鐵鏟將白色晶體覆蓋在大魚身上，經過數十分鐘，大魚漸漸有了味道傳了開來，村民聞香感嘆又驚呀，村民分享了海水蒸煮的大魚美味，嘖嘖稱奇，「王子，光是這樣也不夠啊。」Taro說。「我打算用這個和各村落做交易，就從Gomach村和Salack村開始，或許還可以和Dorida村作交易。」Asilao王子說。「Dorida村？」Taro說。「也就是說這是海神賜的禮物，Gomach村民有權力擁有它，也有權力把它分享出去。」Asilao王子說。Gomach村民聽到Asilao王子這麼說似乎也對，只是各村之間的交易向來只有少數在河流上、在船上的買賣，如何進入到各村之間的市集交易呢？Asilao王子要開始完成暴風夫人的使命了，大地之王，村落共主即將呼之欲出。

河床上往來各村的商人交易，從Tomel村的村民口中得知Gomach村的Asilao王子要讓各村的市集都能夠有不同的村落的村民進行交易，可能嗎？許多人都抱著不太相信的態度。Tomel村的Gali王子在山坡上看著海水摧殘過後的海岸，已經下令巡守隊儘快恢復海岸，讓村民儘早回到海岸活動，Akin和Anui兩個人在Tannatanaugh村來到山坡這裡，Gali王子看見他們，「村裡還好吧。」Gali王子說。「嗯，上次那一震把村

民震壞了。」Akin說。「王子聽說了嗎？」Anui說。「什麼事？」Gali王子看著Anui說。「Asilao王子經歷這次大地震動之後，居然想到要讓各村落市集有往來，各村落村民在市集裡交易。」Anui說。「真的。」Gali王子說。「這有可能嗎？」Anui說。Gali王子看著山下的河流和海岸，舢舨船往來不斷，Gali王子看著大海，如果海上再發生一次變動，單靠村落單獨的力量是不足以抵抗的，這次的大海浪巨變不是Aslamie王子向各村落不斷地發出警告，有所防範，村民繼續停留在海邊，所造成的傷害不可想像，啟動村落市集互動，Gali王子突然想起大統領的話，村落王國，難道天神真有要在這裡建立一個村落王國來保護村民？Tawo王子、Asilao王子誰是村落王國的建立者？Gali王子想得出神的時候，巡守隊來了，「是Asilao王子有信函給你。」巡守隊說。「信函？」Gali王子說。巡守隊拿出竹簡交給Gali王子，Gali王子打開竹簡一看，是Asilao王子的邀請函，說有重要事情邀請各村落王子參加共商大計，Gali王子長嘆一口氣，這一口氣也定下了往後的村落命運。

經過大地震動之後位於山林的Abouan村也帶來不少小小的傷害，山坡有的路起了裂痕，樹也折斷了，Tawo王子立刻吩咐巡守隊要先將路面鋪平，好讓村民路過不致於發生危險，Adawai帶來消息說Gomach村的Asilao王子要讓各村落自由的交易往來買賣和生活，Adawai告訴Tawo王子說：「現在村落都過得很好，還要什麼交易？」Tawo王子看了Adawai一眼，又望向市集村裡的村民，「其實這代表村落間的合作和互助，就像Abouan村被洪水土石幾乎淹沒而遷村，若不是Tomel村的幫忙，能這麼快遷村重建嗎？」Tawo王子說。「那這樣就好了啦！還要什麼？」Adawai說。「瞧你的，如果村落真要發生大災難時，會達到一個村落的毀滅和消失，就像這次大海浪把整個靠海村落的田地都淹沒了，毀了，如果不透過和其他村落的交易，村民會餓死的，Asilao王子也是在保護村民。」Tawo王子說。「是。」Adawai點頭。此時巡守隊送來邀請帖，Tawo王子打開竹簡，是Asilao王子的邀請函。Tawo王子不知為何突然想起大將軍的話：村落王國。頓時，Tawo王子陷入長考，Adawai和巡守隊悄然離開回家。Tawo王子想著這是大將軍所說的天神的考驗嗎？Abouan村的一片美好山林所付出的代價和守護。另外一邊，在溪流擁簇的大湖裡，依然有村民忙碌的身影，Amui王子從山坡上走到沙洲上，因為大地震動而引發的暴風雨，使得樹枝折斷而倒下，Amui王子小心地整理這些雜物，山林路上沒什麼改變，看著大湖上的沙洲因震動而碎裂，在水面上有如星點垂掛在天空地排列在湖面上，獨木舟的航行，悠然自得的生活寫照，當Amui王子蹲下來撿起沙洲上的貝殼時，巡守隊來找他，「什麼事？」Amui王子說。巡守隊遞一只竹簡給Amui王子，「這是Asilao王子的邀請帖。」巡守隊說。Amui王子看著竹簡並接過竹簡，詳閱了內容，「我知道了，可以回去了。」Amui王子對巡守隊說。一個小孩跑過來看著Amui王子腳邊的貝殼，Amui王子撿了起來拿給小孩，小孩很高興地跑開了。Pahar從遠處看著Amui王子，知道Amui王子又在思考事情了，對於Asilao王子邀請函的事，Pahar不知Amui王子怎麼做？Amui王子此時心裡浮現了大統領的話，只有村落王國才

能守護家園，一陣風吹過了湖面掀起了水紋，又飄向山坡上。Amui王子看見了Pahar，兩個人相望了很久，不知該從何說起，默默地看著大湖和大湖邊的草原地，棲息的白鷺鳥在沙洲上覓食，從眼前飛過的群燕和山豬的嗚吼聲讓Amui王子想得很多卻做不來的事，保護村落不是一個人可以完成的，「Pahar，Dosach村想要存在下去就必須守住。」Amui王子說。「王子，這話是什麼意思？」Pahar說。「Dosach村不能只在大湖邊生活，要走出去，得到一些生存技術才能保有村落的成長。」Amui王子說。「那是說你答應Gomach村的Asilao王子的村落市集交易。」Pahar說。「唯有這樣才能讓村落繼續生存下去。」Amui王子說。望著Amui王子，不懂Amui王子說什麼，Pahar還是相信Amui王子的決定，兩個人一起走回村子，太陽正斜照在山坡上透視著大湖上的湖水。

獨自來到海岸，偌大的草原沖毀一半，村民開始復耕，大海浪帶來莫大的傷害，也帶來莫大的榮耀，原本在海上捕撈的舢舨船發現好多從來沒有看過的魚種，不管是Bodor村，還是Tavocol村，亦或是Salack村的村民在海上興奮地叫著，吆喝著同伴，Dorida村的村民沿著河岸到達海邊也一同享受著這大海的禮物，Abuk王子站在礁岩上望著，大海讓村民沒有分彼此的共同生活著，Amo從遠處走過來，Abuk王子緩慢地移動著腳步，「王子。」Amo說。「什麼事？」Abuk王子看著Amo說。「Asilao王子差人送請帖來。」Amo說。Abuk王子接過Amo手中的竹簡，Abuk王子看完之後，沒有說話，只有輕嘆一聲，「難道是為了村落市集交易的事？」Amo說。「你看看那些海上的村民早已分不清，誰是誰的村落了。」Abuk王子說。「可是他們總是會在工作結束之後回到自己的村子。」Amo說。「就是因為這樣村民能夠到彼此的村落交流也不是不好的想法。」Abuk王子說。Abuk王子離開海岸，在海岸草原上徘徊，當Abuk王子準備回去的時候，Ashin走過來，兩個人互相打個招呼，Abuk王子看著Ashin，「今天收穫不錯喔！」Abuk王子說。Ashin手中的野雞正在看著他，「咱們去喝個痛快。」Ashin說。「走吧。」Abuk王子笑著說。Ashin和Abuk王子兩個人走回村子。這裏的海岸生活有山豬、野鹿的奔跑，太陽射著長長的影子在草坡上泛著七彩的亮光。在對面的河岸山坡，Aslamie王子正在向下觀望，他看見了Abuk王子和Ashin兩個人的背影，Aslamie王子看著被海水掩埋的海岸平原，縱使有很多無奈也幫不了忙，Tull看著Aslamie王子，「是不是又感應到什麼？」Tull說。Aslamie王子看了Tull一眼，「沒有，只是覺得上次大地震動來的太大了。」Aslamie王子說。「是啊，現在很多村民都說王子太厲害了，簡直是大地之子，竟能感應到大地的事。」Tull說。就在Tull說完的時候，一個黑色的雲影飄過，飄向大海，不，涵蓋Dorida山，「有危險了。」Aslamie王子說。「什麼？」Tull遲疑了一會說。「湖怪要出現了，河怪出現了。」Aslamie王子說。「那要去通知Amui王子嗎？」Tull說。「Amui王子，Tawo王子都要通知。」Aslamie王子說。巡守隊走過來了，Aslamie王子看見巡守隊說：「什麼事？」「是Asilao王子的請帖。」巡守隊將竹簡遞給Aslamie王子，Aslamie王子看完竹簡，沉默了一會，「Tull，發函給各

村落王子，現在不是聚集的時候，湖怪、河怪要出現了，要駐守各村落。」Aslamie王子說。Tull按照Aslamie王子的吩咐，給巡守隊帶上信息，發信息給各村落巡守隊，Aslamie王子沿著荒草坡路回到村子，那一個黑色雲影似乎不曾離開過。

擠滿了人群，觀望著從村外回來的村民，坐在石頭上高談著河怪出現的議題，在Gomach村出現了客人，Gali王子和他的朋友Anui及Akin，Asilao王子很快地和Gali王子見了面，相談甚歡，Asilao王子告訴Gali王子說Aslamie王子就是大地之王，將來各村落聯盟的共主，Gali王子聽了很呀異，為什麼Asilao王子會這麼堅定地說Aslamie王子就是村落共主，Asilao王子說：「三番兩次的大地震動與災難都是Aslamie王子感應得來的，如果不是大地之王，誰能預知？」「話是沒錯，可是這共主……。」Gali王子遲了一下。「我知道你的疑慮，大地之王是要經過天神考驗的。」Asilao王子說。Gali王子看著Asilao王子的時候見到Akin和Anui走進來，「什麼事？」Gali王子說。Taro帶著巡守隊走進屋裡打斷了Anui的回話，「怎麼了？」Asilao王子說。Asilao王子和Gali王子顯得有些不安，「Abouan村被河怪襲擊了，傷了很多村民。」Taro說。「什麼？」Asilao王子和Gali王子同時說。「河怪出現了。」Gali王子說。「而且還不止一隻，好多隻。」Anui說。「不只一隻。」Akin說。「聽從村外打獵回來的村民說，Abouan村受到河怪攻擊，巡守隊也都出動制止不了。」Anui說。「那Tawo王子呢？」Gali王子說。「Tawo王子就是為了這個傷腦筋，請了大祭司收服河怪，可是……。」Taro說了一半。「可是什麼？」Asilao王子說。「大祭司說河怪要Tawo王子，才肯離去。」Taro說。Gali王子和Asilao王子兩個人互看了一眼，立刻向Akin和Taro說：「帶著巡守隊，前往Abouan村去。」河怪的事從村民口中傳到了Salack村的Tarabate非常擔心海怪也會同時出現，尤其是剛受到大海浪襲擊的海岸草原。Api和Tarabate兩個人在山坡上走著，從路過的村民口中得知Abouan村遭到河怪的攻擊了，Gali王子和Asilao王子正前往Abouan村支援，Tawo王子為了Abouan村，為了不讓河怪繼續攻擊也來到河灘地。Abouan村此次遭受河怪攻擊，Daha和Moi立刻帶著Baberieng村的姊妹們一起去救護受傷的村民，Amui王子不放心Daha，於是派了Abok和Daha一同前往Abouan村，自己則在Dosach村留守是為了防止湖怪也出來攻擊村民，當Abok到達Abouan村又再次遇見了Ama，Ama微笑地看著他，Abok心中燃起了希望，鼓足了勇氣問她名字，得知他叫Ama。Tawo王子得知Daha和Moi來替村民療傷，感到安慰，Abok看見Tawo王子也來到救護站，「不知Tawo王子打算怎麼做？」Abok說。Tawo王子嘆了一口氣來回地巡視並看著四周。「相信王子一定可以度過的。」Daha說。「希望如此。」Tawo王子說。「我會盡全力幫助Tawo王子的。」Abok說。Adawai從外面走進來，「什麼事？」Tawo王子說。「王子，你出來一下。」Adawai說。Tawo王子立刻隨著Adawai走出救護站，在巡守隊集中處聚集了不少村民，村民看見Tawo王子來了，非常的高興。Tawo王子看到這一幕心裡非常的感動，Tawo王子對村民說：「不管河怪有多麼難應付，我都會和村民一起保護著家園，守護村落。」

村民的歡呼聲感動了在場的每一個人，Siro發現了Gali王子和Asilao王子，Siro靠近Tawo王子跟前說：「Gali王子和Asilao王子也來了。」Tawo王子目光轉向Gali王子和Asilao王子，三個人有意無意間默契地點了頭。

在Dorida山不斷地有勇士奔跑，箭步如飛，追逐著野鹿，草叢裡傳來的窸窣聲，Mahario和Rakusal兩人帶著一群巡守隊快速地穿越山坡越過草澤地，「姊，你想Abouan村的河怪可怕嗎？」Rakusal說。「我怎麼知道？」Mahario說。「好想早點跟河怪打一戰。」Rakusal說。「我們是去收服河怪，不要不正經。」Mahario說。姐弟倆一打一鬧地來到了Abouan村的河流旁，站在Dorida山坡上望下看，河怪龐大如十尺高，「哇！」Rakusal驚叫一聲。「不要叫。」Mahario拍打了Rakusal一下。只見Tawo王子身背箭筒，射出第一箭，擊中其中一隻河怪的身體，河怪兇猛地在河面上掀起河水往岸上潑去，弄濕了村民和所有的人，「退後，到山坡上去。」Tawo王子說。河怪仍然不安份地攪動著河水，「這怎麼辦？」Adawai說。「看來這些河怪不好應付。」Gali王子說。「是不好對付。」Abok說。「那該怎麼辦？」Taro說。Tawo王子看著山坡下被河水淹沒的地方形成一個個小水池，河怪仍然不停地翻動著河水，「走。」Asilao王子說。「去哪？」Gali王子說。「大祭司不是說河怪要找的是Tawo王子嗎？」Asilao王子說。「你是想讓王子一個人去。」Taro說。「不是一個人，是三個人。」Asilao王子說。「三個人？」Adawai疑問了一下。「是的，我和Asilao王子會陪著Tawo王子到河怪那去。」Gali王子說。「瘋了？」

Akin說。「我一個人去就可以了。」Tawo王子說。Tawo王子立刻將身上的箭筒拿給Adawai，一個人走下山，Gali王子和Asilao王子也隨後跟上前去，Rakusal看這情況說：「怎麼辦？怎麼跟Aslamie王子講得不一樣。」「糟糕。」Mahario說。「要阻止嗎？」Rakusal說。「廢話，走。」Mahario說完一個箭步跑向前，Rakusal也跟在後面，Siro看見狀況發生立刻衝向前，Taro也隨著Siro跟上去，「三位王子，請留步。」Mahario說。三個人同時向Mahario看過去，「什麼事？你是？」Tawo王子說。「我是Babosacq村的勇士，我帶來Dorida村Aslamie王子的口信。」Mahario說。「Aslamie王子的口信？」Asilao王子說。「什麼口信？」Tawo王子說。在Mahusal尚未說出之前河怪又翻了一次河水濺起了大水花，眾人迴避了一下，「王子。」Taro叫了Tawo王子一聲。眾人凝神鎮定之際，Tawo王子說：「說吧！Aslamie有什麼口信？」「不只河怪出現，連大湖那裡的湖怪也會出現。」Mahario說。「湖怪也會出現？」Abok在山坡上說。「湖怪出現在大湖跟河怪有什麼關係？」Siro說。「Aslamie王子要各村落聯合舉辦一次祭天神慶典活動。」Rakusal說。「所有村落嗎？」Tawo王子說。「是的。」Mahario說。「之前我在Gomach村和Salack村祭典時，就聽說Aslamie王子說要祭天神，為的就是這個？」Asilao王子說。「是的，因為村落最近為了大地震動和大海浪的事情而停擺，現在風浪過去了，是祭天神最好的時間。」Tull從Dodida山坡路走下來說。Tawo王子看著Tull，Asilao王子看著Tull，「是Aslamie王子要你來的？」Asilao王子說。「Aslamie王子

現在在大湖邊守著，他感受到Tawo王子的行為，所以要我過來看一下。」Tull說。「舉辦慶典，河怪就會安靜了嗎？」Tawo王子說。Tull拿出一張竹簡給Tawo王子，「這是Aslamie王子為Tawo王子準備的。」Mahario說。Tawo王子接過竹簡，看完竹簡之後，Tawo王子立刻轉向河邊，面對著河怪，Tawo王子將竹簡拿給Asilao王子，三個人看完之後，表情甚感意外，驚呀，當Tawo王子將自己的手放在胸口說：「河怪憐我、憫我、惜我、疼我、山河不變、家園依舊、敦親睦鄰、誓死不改。」河怪似乎有了回應，漸漸平息下來。眾人看見此景皆不可思議，Abok和Akin從山坡上下來，「王子，還好吧。」Adawai說。Tawo王子嘆了一口氣也鬆了一口氣，Gali王子和Asilao王子簡直不敢相信，Taro想問Asilao王子被制止了，「我要回去了。」Tull說。「我們也該走了。」Mahario說。Tull很快地消失在山坡路上，Mahario和Rakusal兩個人踩著輕鬆愉快的腳步回到村子。Tawo王子向Abok道謝之後，要Abok護送Daha和Moi回去Baberiang村，Asilao王子和Gali王子看著Tawo王子，「聯合祭天神。」Tawo王子說。兩位王子看著Tawo王子點頭笑著，山坡上出現一道強烈的彩虹，村民嘖嘖稱奇，沒有下雨的天空也會出現彩虹，這個消息傳遍了整條河流上的村落以及大湖邊的所有村落。

舢舨船靠在河流邊，Aslamie王子站在平廣的草原上，當Tull和Mahario回到Babosacq村，Tull立刻趕到草原找到Aslamie王子，Aslamie王子看到Tull，「事情都辦好了。」Aslamie王子說。Tull點點頭，「我相信Tawo王子做得到的。」Aslamie

王子說。「那現在不就……。」Tull說了一半停止了。因為Tull看見湖怪從湖底爬了上來，雙手趴在沙洲上，村民嚇得跑開了，「王子。」Tull說。「我相信Amui王子會處理得很好。」Aslamie王子說。Abok和Daha以及Moi剛回來Baberieng村和Kakar村就看見湖怪出現了，Abok也看見了Aslamie王子，Aslamie王子似乎沒有要收服湖怪的意思，Kuruten看見了Abok回到Kakar村非常高興，「Kakar村沒事吧。」Abok說。「現在事情來了。」Kuruten邊說邊看著山下大湖裡的湖怪。「通知Amui王子了嗎？」Abok說。「巡守隊才去報告。」Kuruten說。「Aslamie王子可以應付湖怪的。」Moi說。「可是看Aslamie王子好像不打算對付湖怪。」Kuruten說。「Aslamie王子在等Amui王子。」Abok說。「咦？」Daha輕嘆一下。果然看見了Tull和一群巡守隊越過小河爬過山坡到Dosach村去，「你們看。」Abok說。眾人看著Tull的身影消失在Dosach村的山坡路上，Abuk王子在河岸邊看著Aslamie王子，沉沉的思考，長長的嘆了一口氣，「王子。」Amo說。「怎麼了？」Abuk王子說。「這回Aslamie王子又會想出什麼？」Amo說。「不就是對付湖怪嗎？」Abuk王子說。Abuk王子心裡想著大地之王的出現，難道Aslamie王子就是大地之王嗎？一陣風吹開了Abuk王子的思緒，村民的舢舨船落了繩，吹到岸邊去了，Abuk王子用竹竿控制了船，交給了村民，這一幕被Aslamie王子看見了，「好身手。」Aslamie說。「過獎了。」Abuk王子謙讓地說。此時湖怪掀起一陣大水波，引動了湖水，濺濕了河岸與沙洲，「你瞧，這怎麼辦？」Abuk王子說。「能怎麼辦，

要看Amui王子怎麼做。」Aslamie王子說。Abuk王子看著他，「我感應到大地在震動。」Aslamie王子說。Abuk王子笑了，Aslamie王子也跟著笑了，被濺濕的沙洲和河岸不再有村民進入，一直到Amui王子出現以前。

山坡上的山豬隨著鹿群奔跑，幾隻飛來的鴿鳥和綠鸛鳥在樹枝上盤旋，Pahar正從草原小徑縱身一跳地出現在Amui王子面前，Amui王子看見他，首先看了四周，「Pahar，大湖那邊怎麼樣了？」Amui王子說。Pahar遲疑了一會，才說：「湖怪還是沒退去。」Amui王子急了，快步地向大湖走去，站在沙灘高地望著大湖，湖怪也看著Amui王子，湖怪的爪子用力一拍，震動了地，舢舨船漂浮了起來，Pahar看見這情況嚇傻了，「村民都不敢靠近。」Pahar說。Amui王子被風吹了一把，腳步退了一下，重新站穩腳步，Pahar看見Abok，「Abok回來了。」Pahar說。「我看見了。」Amui說。當Amui王子準備跨出腳步往大湖走去，巡守隊突然來到，「王子。」巡守隊說。Amui王子回頭看了一下，「什麼事？」Amui王子說。「是我。」Tull現身說。「你找我？」Amui王子說。「不，是Aslamie王子有份竹簡要給Amui王子。」Tull說。Tull將竹簡拿給Amui王子，看完了竹簡之後的Amui王子，將竹簡交給Pahar，自己一個人走到大湖邊去了，「沒事吧，王子。」Pahar說。Amui王子舉起手表示沒問題又繼續走。Abok在大湖對岸看著Amui王子步步接近湖邊，Pahar焦急的看著Amui王子又看著Abok，湖水隨著湖怪擺動，村民站在湖岸山坡上動也不動地看著Amui王子的舉動，Abok心裡想著Aslamie王子又叫Tull帶來什麼方式親近湖怪，Amui王子對著湖怪撫著胸口說：「湖怪憐我、疼我、惜我、愛我、護我山河、守護家園、敦親互守，誓死不改。」湖怪似乎有了動作，Amui王子看著湖怪漸漸沉去，臨走前一刻湖怪用觸角輕碰了一下Amui王子，把大家都嚇了一跳，看著湖怪沉入湖底，沉睡了，湖面也平靜了，Amui王子也鬆了一口氣，仰天嘆了一口氣。Pahar來到湖邊，「沒事了，王子。」Pahar說。Amui王子點點頭，往山坡岸上走，看著Tull笑了起來，「我要回去跟Aslamie王子說明了。」Tull說。Tull轉身就不見了，Amui王子看著消失不見在樹林的Tull的身影，突然想起大統領的話，村落共主，大地之王，Amui王子想著、想著，隨著山坡小路走回Dosach村。留下Abok一個人望著大湖，Abok想起了Ama的臉像湖水寧靜又優雅，甜甜的笑容出現在Abok的臉上。在Abouan村的危難結束之後，Ama一個人來到河灘草地，想著Abok從Kakar村來幫助Abouan村，對Abok自從那一次誤闖大湖草灘的救命之恩留下印象，這次是第二次見到Abok，小小的情愫在Ama心裡像風吹過的草原陣陣清香。

躲過了河怪的攻擊和湖怪的侵擾之後，這片山林和湖泊河流終於平靜了，熊足鹿影的腳步在村落間相傳開來，為了盛大的祭典，老少穿戴著佩飾無不精簡隆重，許多村裡長輩也趁此讓年輕一輩聯歡歌舞，期待能夠找到一生的伴侶為族群延綿下去。自遠古時代這地區已經很久沒有這麼熱鬧過了，穿梭在河流小徑的舢舨船以及山林小路上的竹車，這個竹車是方便在山上載貨用的，用鐵絲纏繞的樹藤，再用幾根竹子做支架，再用麻繩拉力，竹車很耐用的，有時候還可以載小孩子。不僅大湖

周邊的村落熱鬧起來，連Abouan村的河流也熱鬧起來，河流裡舢舨船來回穿梭在兩岸之間，也順著河流到海邊打撈作交易，Tomel村用Gomach村將海水煮沸所獲得的白色晶體和Abouan村交換鹿肉，整個河流的熱鬧程度不亞於遠古時代，村落開始活躍起來了，各村落的青年勇士每日在巡守隊集會區談論著一天的辛勞，交換著生活點滴，每到夜晚吹笛聲和歌聲紛紛揚起，這是村落青年男女求愛的方式，伴著水流聲、風聲、夜鶯啼，直到人睏了，入鼾聲，才停了這場尋歡曲。大祭司不忘提醒祭典的事情是天神的旨意，眼看著將達成，Asilao王子一個人靜靜地巡視著Gomach村、Salack村、Bodor村，當Asilao王子走過三個村落時，看見沿路村民的笑容比山上的花朵還漂亮，祭典就要開始了，Asilao王子在一處海岸礁岩站立望著大海，任風吹亂他的頭髮，他的心，此時Api也來到海岸，Api是為了採集海中的一個珍貴藥草來的，Api看見Asilao王子就靜悄悄地來到她身邊，Asilao王子看了Api一眼，「我都聽哥哥說了，為了村落整合的事，王子你費了很大的心。」Api說。「Tarabate說的。」Asilao王子說。Api點點頭說：「嗯。」Api和Asilao王子一同看著大海，靜靜地沒有說話，陽光斜照三分情，Asilao王子看著Api，動人的臉龐就像深烙在大海裡的浮掠之影，Asilao王子不敢說出自己的情感如同Amui王子一樣怕辜負了Daha而負了Api。海風吹著他們，Asilao王子將Api輕輕地摟在懷裡，長長的影子從海岸延伸到海岸草原。

各村落的大祭司忙完了天祭之後，就讓各村落王子舉行祭祖儀式，接著三天的祭祖歌在山林大地，湖泊河川中迴響，徹夜未眠的唱著，一首接一首的祭祖歌曲在山川湖泊中迴盪，村民竹葉裹飯，竹筒汲水，檳榔、木碗裝酒，高歌一曲vakkie（註：祭祖祭禮歌），在河流中輕唱patai（註：祭祖祈雨歌），引領祖先持續不斷地護佑村民，保護村落千千萬萬個世代，高唱ayian（註：祭祖牽田歌），翻越整個山坡，每個村落，營火冉冉向上而升，今夜酒醉不歸是英雄。每個女孩頭上的mahaig（註：女孩的髮飾）和男孩手上的竹笛，羞答答的時光在竹筒飯的傳遞中獻出了真情，在幾碗水酒之後告白了真意，幾盞未熄的燈在等待有緣人的到來。一場祭典之後，山川湖泊像換了新裝似的，整個村落都活躍了起來，Aslamie王子在Dorida山望著山下的草坡地，輕嘆著氣，「又再想什麼了？」Tull說。「好久沒這麼熱鬧了。」Aslamie王子說。「是啊，村民樂得合不攏嘴，每個人都稱讚王子呢。」Tull說。「是嗎，長跑的事都準備好了嗎？」Aslamie王子說。「都準備好了，在各村落都設有驛站和藥舖，供選手休息。」Tull說。Aslamie王子看著大湖又看著河流旁的大山，一直夢想著這裡能夠有一個佇立千年的國家存在保護村民。風從海上吹向河流，在從河流吹向大湖。「很久沒有像今天這麼高興過。」幾個村民走過閒聊的對話。「是啊，今天酒夠多了。」「小心，路走好。」「哈⋯⋯。」村民的聲音烙在Aslamie王子的心裡，對於未來期待的王國叫什麼才好。村民的聲音走遠了，留下樹梢上的鳥鳴聲和草叢裡的野兔奔走聲。

在一陣歡騰歌聲中，Dosach村在Amui王子完成大婚儀式，浩浩蕩蕩的迎親隊伍穿過山坡，越過小河，逗留平原，

家家落戶飲酒歡唱地來到Baberieng村，迎親隊伍被擋在村口外，等待新娘子Daha的送親隊伍，Daha在大祭司的指引下拜別村裡長輩，頭飾也換成了塔塔干，Moi看著姊姊要結婚了，心裡有點不捨，Moi還是稱讚著姊姊漂亮極了，「姊，今天好漂亮喔，全村最漂亮的女人。」Moi一邊幫Daha整理頭飾，一邊說。「這個羽冠頭飾可是姊妹們精心製作的喔。」Moi繼續說。Daha拉著Moi的手說：「Moi，現在開始你要一個人獨立了，姐不能再給你依靠了。」「姊⋯⋯。」Moi含著淚說。「Amui身為王子，有許多村落的事要我替他分擔，能照顧你也有限。」Daha說。「放心，我已經長大了，姊，不必擔心我,，我會照顧我自己的。」Moi說。姊妹倆相擁一會，屋外傳來新娘子要出來了，Moi才驚覺，「走吧，大家在等我們。」Moi說。Moi牽著Daha的手走出房門，村民早已圍成一圈等待歡呼，看著Daha來到眾人之間，Amui王子覺得Daha今天好漂亮，在村民的簇擁之下完成了結婚儀式，Amui王子必須在Baberieng村居住三天，才可以回到Dosach村居住，這三天與村民同歡同樂，這段期間的白天Amui王子還是可以回到Dosach村做自己的工作，Daha依然維持自己的作息，Amui王子和Daha喝著大碗的交杯酒，兩人幸福甜蜜的心說不出來。在陪著Amui王子完成結婚儀式之後，同時Kakar村也為Kuruten和Saiyun舉行婚禮，Abok身為Saiyun的哥哥，這份喜悅自然不在話下，看到妹妹有個終身歸宿，心願也完成了。完成了Amui王子和Saiyun的結婚儀式，看著村民狂歡不已，這也算是經過多次災難以來，Dosach村和Kakar村難得一見的熱鬧盛況，Abok一個人站在河灘草原，Pahar在不禁意的情況下看到了他，Pahar走到Abok身旁，「怎麼又想起Ama了？」Pahar說。Abok回頭看了Pahar一眼，「我知道Tawo王子有來給Amui王子祝賀，只是不知道Ama會不會來？」Pahar說。「我覺得Ama和Tawo王子挺相配的。」Abok說。「咦？」Pahar輕嘆一下。當Tawo王子出現在Baberieng村時，Mahario也出現了，Tawo王子向Mahario打個招呼，「想不到Tawo王子親自前來。」Mahario說。「Amui王子跟我也算是患難相助的好兄弟，今天他大囍，我怎能不來？」Tawo王子說。「是啊。」Mahario說。兩人一起進入婚宴會場，村民高呼著Tawo王子，Amui王子見到Tawo王子像見到親人一樣的高興。Mhario也帶來了Aslamie王子的賀禮，因為Aslamie王子說還有長跑競賽尚未完成，他必須在各村落巡視，Amui王子原本想離開婚宴場合，看著Daha甜美的笑容又於心不忍，Mahario向Amui王子說：「Aslamie王子希望你有個愉快的喜事，不用擔心村民的安全，Aslamie王子會全心照顧的，這是村落歷劫之後的熱鬧幸福，你不能缺席。」「Aslamie王子真的這麼說。」Amui王子說。Mahario把Aslamie王子的竹簡祝賀文拿給Amui王子，Amui王子看了之後，眉頭一陣喜、一陣憂，Tawo王子也看了竹簡。「什麼事？」Adawai說。Tawo王子看著大家，「今天是Amui王子的大喜要高興一點。」Tawo王子舉起碗說。將碗中的酒一飲而乾。「是啊，大家開心。」Amui王子說。眾人吆喝著繼續歡呼著幸福的日子。

隨著Tawo王子來到Baberieng村參加Amui王子和Daha的結

婚儀式，Ama一個人離開市集來到湖邊，沿著湖岸，不知不覺在一處草坡上休息，望著遠遠的湖中沙灘，從山上流下來的河水流仍然有不少舢舨船活動著，陽光照在山坡上閃閃發著亮光，Ama露出難得一見的笑容，一群鹿從河流旁的草原走過，「一個人在這，不孤單嗎？」Abok站在Ama背後說出這句話。Ama轉身看了他一眼，沒有說話，Abok向前站到她身旁，「那群鹿好可愛。」Ama笑著說。「是嗎？」Abok輕答。「Tawo王子在村裡嗎？」Abok繼續說。「嗯。」Ama輕回。誰也沒有想到這短暫的相處讓Abok和Ama更貼近了彼此的心，「想不想乘舟破浪？」Abok說。「咦？」Ama疑了一下說。Abok拉著Ama的手走向湖邊，向村民租了一艘獨木舟，「走，上去。」Abok示意Ama踏上獨木舟，於是兩個人在獨木舟上遨遊湖水，湖面被船劃過所留下的水痕，不一會就消失了，在湖面上迎風搖的清涼感，Ama還是第一次感覺得到，突然獨木舟撞上了舢舨船，嚇到了Ama，湖面也濺起了水花，Abok穩住了獨木舟向小河流前進，「沒事吧。」Abok有點歉意地說。「沒事。」Ama拍去身上的水漬說。順著小河流，沿著河岸山坡路，河道由寬變窄，沿途的景色美極了，漂亮極了，Ama看的幾乎說不出話來。「好美。」Ama感嘆地說。一隻熊從山壁旁跳過，嚇到了Ama。Abok就這樣地搖著獨木舟直到太陽下山之後，天黑之前才送Ama回到了Abouan村，自己也回到Kakar村，跌入甜蜜的夢鄉。另一個熱鬧的海岸邊逗留的舢舨船快速的回到了河流旁，靠岸之後的村民火速的整裝魚貨和工具準備回到村裡，在市集裡交易比平常熱絡，除了Tomel村和上流的Abouan村的村民外，也有來自對岸的Gomach村的村民，唱了幾天的patai的歌之後，接下來的祈雨祭是村民最高興的慶典，家家戶戶準備著酒、米、檳榔以及水桶，忙得辛苦也快活，臉上的笑容也不時顯露出來，除了這個歡樂慶典，還有Gali王子的大婚儀式也是村民在市集裡樂於傳送的，Gali王子和Hopa兩人的結婚喜訊中大祭司在祭典儀式裡宣告了Gali王子和Hopa為夫婦。Gali王子舉酒碗與村民共飲，歡騰喜氣的歌聲飄揚整個村落，飛躍的雲朵似乎感應到了，一片又一片的逐風而來，散發柔軟溫存的氣息。在這次祭典中，村落交易開始熱絡起來，經過大地震動，怪獸襲擊，村民總算可以趁著長達十幾天的祭典活動，好好的熱鬧一番，村民總算放心地遊走大山和海，海和河，河與湖之間，Asilao王子帶著微微的醉意從Tomel村回到Gomach村，Taro將Asilao王子安頓在寢床上，自己走出來了，「這下可以好好睡一覺了。」Taro自言自語的說著便離開了屋子。屋外市集裡歡騰的歌聲沒有停歇過，Asilao王子不知是受到屋外風聲和村民的歌聲影響，亦或是自己的酒醉聲，這樣迷迷糊糊地進入了另外一個世界，而這個世界就是之前和暴風夫人見面的地方。

Asilao王子一個人腳步輕移地跨過了宮殿大門，門旁的守衛室兩隻半人獸的怪物，這兩隻怪獸竟然沒有阻擋他進入宮殿，就這樣Asilao王子進了宮殿，殿內依然有怪獸駐守，Asilao王子非常訝異地發現了宮殿內有Amui王子和Tawo王子還有Gali王子，然而跟在他後面進來的竟然是Abuk王子和Aslamie王子，大家都到齊了，這是什麼怪地方？怎麼把各村落的王子都

聚集了，Asilao王子正準備和大家打招呼的時候，大殿之下出現戴面具的人，「很好，大家都來了。」戴面具的人說。「這裡是什麼地方？」Abuk王子說。Amui王子也點頭表示，Gali王子和Tawo王子互看了一眼，「不要擔心，我只是奉命行事，把大家集合在這裡。」戴面具的人說。「奉誰的命？」Asilao王子說。「奉天神之命，自遠古時代以來，你們的祖先在這裡開疆拓土，建立了自己的家園，現在你們有責任來保護這個家園。」戴面具的人說。「這是什麼意思？」Asilao王子說。「大地之王即將誕生，你們要擁護大地之王成為村落共主，維持村落的和諧和繁榮，然後延綿萬世千秋。」戴面具的人說。「大地之王？我們其中之一嗎？」Amui王子說。「是的。」戴面具的人說。Abuk王子看著Amui王子，Amui王子看著Aslamie王子，Aslamie王子看著Tawo王子，Tawo王子和Gali王子還有Asilao王子互看了一眼，「天神到底指定了誰是大地之王？」Asilao王子說。「哈，哈Asilao王子，這個你應該很清楚。」戴面具的人說。「Asilao王子是你嗎？」Abuk王子說。Amui王子也笑著看Asilao王子，Asilao王子連忙搖頭說：「不是，不是。」「那是誰？」Gali王子說。「是Aslamie王子。」戴面具的人說。Aslamie王子自己也驚呀了一下，大家看著Aslamie王子，「怎麼可能是我？」Aslamie王子說。「你心裡不是一直有個夢想要成立一個王國嗎？」戴面具的人說。「是，沒錯的，要將這些山川湖泊河流整合起來一起守護著，但是我並沒有那個能力啊。」Aslamie說。「三番兩次能感應到大地震動，你就是大地之王的指定者。」戴面具的人說。「這…。」

Aslamie王子不知道自己這項感應竟是大地之王的繼承者，Asilao王子看著Aslamie王子說：「是天神的旨意，你就接受吧！」「是啊，我會全力協助你的。」Amui王子說。「我也是。」Tawo王子說。Abuk王子也點頭表示著，看著所有人目光集中在Aslamie王子身上並要Aslamie王子接受，戴面具的人說話了：「其實大地之王還有一個重要的任務，帶領村落抵抗南方海上來的攻擊。」「南方？」Abuk王子說。「這是什麼意思？」Tawo說。「在Tavocol村的南方村落即將被海上來的海盜占領，也就是說Gomach村外的大海將發現不同於村落的船隻出現，這些船叫做海盜船，村民將受到威脅。」戴面具的人說。「原來那在Tavocol村和Gomach村海岸發現的不明物體不是假的，大海上真的有其他的船隻。」Gali王子說。「是的，海神阻止了他們的前進，這一群人已經快要突破海神的防衛來到這裡。」戴面具的人說。「那要怎麼做？」Aslamie王子說。「除了大湖和河流，跨過Tomel村山頭的另外一條河也要保護著，Abouan村、Dosach村、Tavocol村之內的大草原和大湖將是村民最好的安全地，大山是堡壘。」戴面具的人說。大夥互望一眼，「是Gielim村嗎？」Abuk王子說。「嗯。」戴面具的人輕哼一聲。Gielim村是Kakar大山下大草原上的村落，那裏有一個很大的河口和Dosach村一樣，「天神是要我們回復過去祖先生活的地方，建立起一個繁盛千年而強大的永久不衰的王國。」Tawo王子慢慢和緩的說出這句話。「天神的子民也就是村民。」Amui王子說。眾人為了這句話沉思。「既是天神的旨意，身為各村落王子就有義務完成它，支持Aslamie王

子為大地之王，村落共主吧！」Tawo王子說。Abuk王子看著Aslamie王子，Gali王子向前握住Aslamie王子的手，大家都向前握住Aslamie王子的手，當個村落王子們雙手交疊在一起的時候，感動落淚的Aslamie王子哭了，同時也讓大家含著淚擠出笑容，這個時候帶面具的人看到這一幕，向兩旁怪獸揮手，怪獸立刻移動身子向前靠近他們，戴面具的人用手大力一揮，Aslamie王子他們不見了，戴面具的人突然說出一句：「我的任務完成了。」就消失了。

Asilao王子驚動了一下身子，起身，坐在床櫞，回神了一下，用手擦去額頭上的汗水，他看著屋外依舊營火亮著，走出屋子，仰天長嘆一口氣，少許村民仍然夜吟著歌聲，大多數早早沉睡了，Asilao王子想著剛才原來是個夢，只是這個夢也太真實了，真實的有點讓人不太相信，當Asilao王子想著不知道其他人是否也做和他相同的夢，雞鳴三響劃過夜空，表示過不久就天亮了。Amui王子一個人站在河岸準備搭船回Dosach村，Daha看著Amui王子一個人心事重重的看著湖面，「怎麼？昨晚睡不好嗎？這麼早就起來了？」Daha說。Amui王子轉頭看了她一眼，「對妳真的很抱歉，身為王子除了一般工作以外還得兼顧照顧村民。」Amui王子拉起Daha的手說。「沒關係。」Daha安慰著他。Amui王子向Daha揮別之後，就搭上舢舨船走了，在船上，Amui王子看著Daha，心裡想著昨晚那一場夢，所有的村落王子都聚集了，Amui王子也同樣想著其他人是不是也做一樣的夢。Tawo王子不時地用憂鬱的眼神看著被露水浸漬過的草坡，想著Amui王子和Asilao王子相同的問題；Gali王子也在露水尚未被太陽吸收之前和Abuk王子在海岸邊望著逐白浪的早起村民，想著Tawo王子想的問題，Aslamie王子站在村落大石頭上狠狠地發呆看著河岸上垂落的海芙蓉，點點葉片在海水的浸漬下生長，當Aslamie王子呆坐在大石頭上長長的嘆了一口氣，Abuk王子從海岸邊回來遠遠望著他。Abuk王子回頭轉身離去時，Aslamie王子喚住他，Abuk王子轉身看見Aslamie王子已離開了大石頭，準備過河，河水擺動著水紋，Abuk王子在河岸邊作了一個懷想，Aslamie王子已經來到他的面前，「一個人大清早在海邊吹風不好。」Aslamie王子說。Abuk王子笑笑，沒有說話。兩人來到河岸交接處，那一大片荒草原正是蘊育著村民的生活，馬鞍藤沿著岸邊爬上來，交織不同的河岸植物，Aslamie王子把自己昨晚的夢境告訴Abuk王子，Abuk王子呀異的Aslamie王子竟然也會作和自己相同的夢，Abuk王子淡淡的說出：「我也作了和你一樣的夢。」Aslamie王子吃驚地看著他，有一股強勁的風吹著Abuk王子和Aslamie王子，讓他們兩個人站得有些不穩，太陽漸漸升起，海面和河面開始聚集了活動的村民。聚集在山林小溪的Kakar村民突然發現了有怪獸出現，不是熊的腳印，也不是山羌，Kuruten帶領著一批巡守隊在Kakar村的山中穿梭，在沿著小溪流的途中，發現一堆聚集的小白鼠，小白鼠看見kuruten就立刻四散逃開了，在Kuruten來不及回頭的時候，一隻怪獸從溪底竄出，這隻怪獸體型較小，較小怪獸好了，Kuruten站穩腳步和巡守隊小心翼翼地行進著，突然冒出數十隻小怪獸，此時Kuruten大喊：「跑，快走。」喘呼呼地、喘呼呼地來到Kakar村的市集，Kuruten要

巡守隊向Abok報告，自己則來到Saiyun的藥舖，想看看這新婚不久的妻子。Saiyun忙著整理藥架上的藥草，醫女忙著為村民抓藥敷藥，Kuruten踏進藥舖看著忙碌的Saiyun看見了他，「怎麼來了，在山坡上有人受傷嗎？」Saiyun說。「沒有。」Kuruten說完，拉起Saiyun的手，靜靜地看著她，在Kuruten心裡知道即將會有一場風暴，「怎麼了？」Saiyun說。「可以休息一下嗎？」Kuruten說。Saiyun和Kuruten走進一個小房間，Saiyun看著他，「說吧，怎麼了？」Saiyun說。Kuruten緊緊抱著Saiyun，然後摔倒在木床上。任由Saiyun如何的掙扎都無法擺脫Kuruten的身體，Kuruten知道剛才在山上看見小怪獸將掀起一場村落大風暴，自己能不能在對抗小怪獸之後而平安的回來，Kuruten心裡的害怕使他心跳加速，Saiyun感應到了Kuruten的害怕，放棄了掙扎，兩人默默地在木床上沉靜著。

從遠方逃走一隻鹿，Abok手中的箭還沒有射出，卻看見一群奔走的鹿正在草堆裡狂奔，Abok好奇地放下了箭，身旁的人卻問了：「怎麼了？大好的鹿群，怎麼不射了？」「你看那鹿群奔跑的方向不對，聲音、姿勢都不對。」Abok看著鹿群說。正當村民準備拔箭時，目瞪口呆地看著一群山雞，山豬狂飛而過，把大夥嚇得說不出話來，「這是怎麼一會事？」有人開口問了。「走。」Abok喊出一聲，便往不同於這些動物們的方向去，當Abok才踏出幾步，巡守隊喘呼呼地跑過來，Abok停下腳步看著眼前跑得急喘的少年，「什麼事？」Abok說。這名巡守隊少年向Abok說出自己在小溪流邊看見很多小怪獸的事情，Kuruten也回到了Kakar村，Abok聽了非常驚呀，還是想去溪流看一下才安心，於是要大家先回去，自己則和這名巡守隊少年一起到出現小怪獸的溪流。

踩著稀鬆的落葉，發出窸窣的聲音，這是穿越這一大片森林所帶來的危機感，Abok腳步依然沒有停歇下來的繼續往前走，一陣風吹起地面上乾枯的落葉，巡守隊已經無法前進，Abok向前張望著，小怪獸選擇在這裡出現，一定有什麼原因，行經這裡的村民說森林下方有一條河，河的對岸就是祖靈所說的神秘聖山，任何人都不能進入聖山，一旦進入會被傳說中的怪獸吃掉，然後消失。小怪獸是保護聖山而生存於河流之中，如今又為何浮出水面來與村民對抗呢？Abok想著有點不可思議，此時，森林中的大鳥齊飛，鹿群狂奔，羊群在森林之中低頭食草，Abok正準備往河流的方向走去，有一迴音讓他停下腳步：「你無法越過森林，無法走出森林，你將永留森林。」迴盪聲一次又一次的用顫抖聲傳出，森林之風漸漸揚起，「回去吧。」巡守隊少年說。Abok眼看著眼前這詭譎的景象，不忍巡守隊少年的恐懼，於是Abok回頭了，走回通往Kakar村的路，森林中，Abok迷路了。轉了很久，又在原地打轉，突然想起那徘徊耳邊的話：「你無法越過森林，無法走出森林，你將永留森林。」這一類的話，Abok開始感覺頭很痛，突然腳一彎，整個人倒在稀鬆的落葉上，Abok開始昏厥了，在迷糊的意識之中，Abok感覺有人在呼喊他，意識裡亂的很，無法分辨出這是自己的事？還是只是一個義字相助而已。Abok看見了Ama也看見了Saiyun，想伸手去握住Ama，Ama突然消失，Abok在Saiyun的鼓勵下又再次重回了信心，Abok看見了一群怪獸引領

著他來到一處人煙稀少的荒地，怪獸將Abok帶到這森林中最荒涼的山壁間，四周岩石環繞，想靠近森林更進一步跨越這四周的岩壁，岩壁之下是一條河流，若是一不小心將從岩壁掉落河流之中，森林是那麼地遙不可及，難道這就是村民口中所說的森林之聖山？Abok在想的著迷的時候，突然有一個駕著像野獸一樣的飛鷹，確定牠是一隻大鳥不是一般怪獸，坐在比一般的飛鷹還大的大鳥上面的人，披著長髮，持著拂，當大鳥降落地面，引來好大的一陣風讓Abok的眼睛張不開，等風勢一過，Abok重新調整好位置，對著大鳥上的人說：「你是誰？」「我是誰不重要，你不知道這森林是不能進來的嗎？」大鳥上的人說。「有什麼我不知道的秘密。」Abok說。「哈，哈，哈。」大鳥上的人大笑了起來。Abok瞪著他，大鳥上的人拍著大鳥，「很快就會有人來找你了，你能活著回去，算是幸運。」大鳥上的人說。「這話是什麼意思？」Abok說。「是天神留住你，大地之王需要你。」大鳥上的人說完之後，就拍起大鳥直飛而上，又引來一陣風，Abok又陷入風暴中。

持著火把的巡守隊和村民不斷地在森林裡來回尋找，「怎麼樣了？」kuruten說。聚集的村民都搖頭，Kuruten這下慌了，決定自己再出去尋找Abok的下落，Kuruten準備今夜在森林裡奮戰，Kuruten接過村民的火把，大夥嚇了一跳，想阻止也來不及了，Pahar走過來，「Kuruten，去哪？」Pahar說。「再去找一找。」Kuruten說。「是指Abok，你放心好了，Amui王子找到他了。」Pahar說。「真的。」Kuruten突然高興地說。「Amui王子知道你會擔心，所以派我過來通知你一下。」

Pahar說。「Abok現在在哪？」Kuruten說。「在Dosach村。」Pahar說。用手指著前方，就在前面，「這…。」Kuruten有些錯愕了一下。前方是Kakar村與Dosach村河流交接處，難道Abok走過了森林，越過了河來到連接Dosach村的聖山，Pahar和Kuruten兩人順著河流堤岸岩石來到了Dosach村的小村落，Kuruten非常清楚的知道，沒有人可以跨過聖山，Abok為了追捕小怪獸，竟然越過了聖山，Abok睜開眼睛一看，模糊的四周，他仔細地閉起眼睛又張開眼睛，Abok看見了Amui王子就站在他前面，Abok想起來，發現身上有些疼痛，「別動，醫女說你要多休息。」Amui王子說。Amui王子支開了所有的人，他知道Abok一定有些話要跟他說，Abok就把他得知Kuruten在河流旁遇見小怪獸的事情告訴Amui王子，Amui王子也知道這件事，Amui王子也派了人在河流駐守防止小怪獸侵襲村民，Abok就把自己奇特的遭遇說給Amui王子聽，Abok一時不解的說：「什麼是大地之王？」Amui王子非常驚呀地Abok也會有此境遇出現，那天在夢裡的事一點都不假，Amui王子在聽完Abok的事之後，沉默許久，Amui王子想通了，在Amui王子心裡認為現在各村落所駐守的家園就是怪獸的聖地，不容許破壞，村落王子就是怪獸的守護者，這些守護者共同擁護一個共主，即便就是村落共主，也就是統領大人說的村落王國，也就是天神指定的大地之王。「王子，在想什麼？」Abok看著久久沒有說話的Amui王子說。Amui王子才回神過來，「王子，Kuruten來了。」巡守隊從外面傳來這句話。Abok和Amui王子看著Kuruten和Pahar走進來，Amui王子挪個位置，Kuruten向

Abok靠近，「你還好吧。」Kuruten說。Abok露出一絲笑容，「嗯，我很好，Saiyun還好吧？」Abok說。「她擔心死了，一直說要來，我讓她今晚早早休息，明天再給她過來。」Kuruten說。Abok，Amui王子，Kuruten三個人都笑了。

吹著海風，走在廣大的草原上，幾隻匍匐前進的小蟲在腳下，天上的雲朵正從海上飄過來，雲層忽高、忽低，仰望湛藍的天空那層薄薄的雲正在吸收太陽的光芒，Ashin正準備拉起弓箭向遠處浮動的草堆射去，Apo來到他身邊，Ashin放下弓箭，草叢裡的獵物逃走了，Ashin看著逃走的獵物，轉頭對Apo說：「什麼事？」Apo猶豫了一下，才說出：「剛才在四周看了一下，許多村民從海岸邊跑回來了，說是看見了海怪出現了，慢慢向礁岩靠近中。」「真的？」Ashin說。「這怎麼辦？」Apo說。Ashin嘆了一口氣，「你回去找Abuk王子，我去海岸看看。」Ashin說。「這樣好嗎？」Apo說。Apo看著Ashin的決心，也只任由他去，此時Apo看見Amatat提著竹籃走過來，「你們要去哪？」Amatat說。Apo和Ashin看了Amatat一眼，「你送Amatat回去。」Ashin說。「那你要去哪裡？」Amatat對Ashin說。「他要去海邊。」Apo說。「海邊？不是有海怪出現了嗎？」Amatat說。「是想要去看看海怪有沒有傷到人。」Ashin說。Ashin說完就一個人穿過這充滿高矮不齊的草木，走過這片草原就可以到達海岸了。「走吧，我們回去。」Apo對Amatat說。「沒事吧。」Amatat說。「我還要把海怪出現的消息告訴Abuk王子呢。」Apo說。Amatat和Apo兩個人離開草原，回村落去。草原上只留下Ashin的背影，Ashin在草原上似乎迷了路，明明意識很清楚地要去海岸邊尋找海怪的足跡，卻不知怎地在大草原裡迷了路，接著Ashin彷彿聽見一種聲音：「你無法突破草原，無法穿越草原，你將留在草原。」Ashin突然腿軟了，他跛著雙腳向前移了幾步，便昏倒了，Ashin躺在高大的草叢裡，昏厥中，Ashin發現自己身處在一個令他感到害怕的地方，草原上的草都變成了人形狀了，而且正一步步地向他靠近。這人形草越靠越近呼的越大聲，Ashin雖然感到害怕，卻不得不站起來對抗，突然這些人形草裡出現一個美若仙女的女人，「害怕嗎？」那美若仙女的女人說。「這是怎麼一回事？」Ashin說。「沒有人可以敵得過人形草的，你卻不一樣，天神需要你。」美若仙女的女人說。「天神？」Ashin說。「待會有人會來救你，你要幫助大地之王。」美若仙女的女人說。Ashin還處在一片迷糊之中，人形草在美若仙女的女人指示下漸漸靠近Ashin，突然掀起一陣風吹昏了Ashin。

在眾人的圍觀之下，Ashin慢慢將自己的意識甦醒，慢慢地睜開眼睛，「醒了。」Apo說。Abuk王子換個角度露出笑容看著Ashin，「沒事吧。」Abuk王子說。Ashin目光環視眾人露出淺淺笑容說：「我沒事。」「把大夥都急死了。」Apo說。Ashin看著Abuk王子沒有說話，Abuk王子感覺Ashin有話想跟他說，於是Abuk王子說：「好了，既然沒事，你們可以先回去了。」Ashin對Apo說：「你先出去。」Apo看著Ashin又看著Abuk王子，Apo和眾人離開了屋子。屋內只剩下Ashin和Abuk王子兩個人，Abuk王子來到Ashin床前，Ashin把自己

在草原裡的遭遇都告訴Abuk王子，「大地之王是什麼意思？是王子你嗎？」Ashin說。Abuk王子很意外地Ashin碰到這樣的情形，「大地之王是統治村落的國王，村落共主。」Abuk王子說。「那會是誰？」Ashin說。「Aslamie王子。」Abuk王子說。Abuk王子也把這段日子自己苦惱的事告訴Ashin，Ashin聽了以後非常驚呀，河怪、湖怪、海怪的不預警出現就是要建立一個強大的國家，這些日子村民算是安靜了一陣子，市集交易的買賣也越來越多，許多人也深感太平日子漸漸來臨，「要打敗海怪嗎？王子。」Ashin說。「海怪不會攻擊村民，但是會事先告訴大家即將有大事發生。」Abuk王子說。「那是大地之王？」Ashin說。「天神或許是要大地之王帶領各個村落度過劫難吧。」Abuk王子說。Ashin看著Abuk王子，目光交錯，沒有說話，Abuk王子握著Ashin的手說：「你也是天神派來協助大地之王的。」Ashin想著草原上那一幕，人形草，被人形草困住的人多半死於荒地，而自己卻還能活著回來。

峻峭的山壁被河流分成兩邊，不少山羌、野鹿、豹的足跡，Siro站在峭壁上眼睜睜地看著一隻飛豹縱身一躍，飛過了河流，到達對面的山壁上，然後飛豹甩甩頭就消失了，進入森林裡，Siro拔起箭準備回家的時候，山下傳來尖叫聲，Siro迅速收起箭，往山下直奔而去，途中問了村民發生什麼事，怎麼會有叫聲，村民告訴Siro說：「河怪出現了。」Siro呆站了好一會，一個人直往河岸邊走去，如果要到達村民說的河怪出沒的河岸，必須經過眼前這片森林，這片森林蘊藏著祖先的秘密，前一陣子Kakar村的Abok為了追捕湖怪也在森林中迷了路，Siro在猶豫的時候，有一陣風吹過，響起了一個聲音：「勇士，怕了嗎？」不斷地在Siro耳邊重覆著，Siro在風的召喚下走進了森林，如同Abok的遭遇一樣，Siro也在森林裡迷了路，Siro在森林裡不斷地找出口，一直繞，一直繞，最後Siro累了，他坐在一棵大樹下，躺在大樹下不知不覺地睡著了。Siro在夢境裡看見自己和大樹說話，這滿臉鬍鬚的大樹揚起牠的手說：「不要怕，過來。」Siro看了四周，周圍的樹都變成了人形樹，人形草，人形花了，森林裡的花豹都變成了人形在看他，令Siro有些不舒服，「不要怕，牠們都是森林的好朋友。」大樹說。Siro被一株人形蟲嚇得閃躲一下，「小子，如果不是天神要你留下，你絕對離不開這座森林。」大樹說。「天神要我留下是什麼意思？留在森林嗎？」Siro說。「因為大地之王需要你。」大樹說。旁邊的人形物體紛紛點頭，Siro更是不明白，有兩個人形豹向Siro走近，大樹看了人形豹，揮一揮手，人形豹才走開，Siro不斷想著如何找到同伴，如何離開這裡，大樹猜透他的心，「你離不開這裡的，那些人為了尋找你已經在森林裡失去了方向。」大樹說。Siro為了早些離開這裡，於是說：「你讓我出去，你的秘密我會守住。」「是嗎？」大樹說。「嗯。」Siro堅定地說。大樹把Siro的心思看透，也沒有詢問，「沒有人能離開。」大樹說。人形草感覺到風動，大樹揚起手將Siro催眠，很快地Siro又躺回了大樹下，人形物體消失了。

逐風的感覺很好，Tawo王子在河岸邊看著山壁上的草木，垂釣在河流下的丰姿就像一幅畫，Adawai和Ama突然出現了，

Tawo王子甚感驚呀，「怎麼來了？」Tawo王子說。Adawai把Siro為了河怪出現而進入森林，到現在還沒有回來的事告訴Tawo王子，Tawo王子立刻召集所有人進入森林尋找。森林之廣大，誰能遇的著，Tawo王子單槍匹馬地在森林裡穿梭著，彷彿有一股力量在引領的Tawo王子，Tawo王子在遠遠一處透著密密樹叢裡看見一個人影，向前一步一步前進，看見了Siro躺在大樹下睡著了，Tawo王子不忍叫醒他，想著Siro為了村裡的事也該好好休息了，風把Siro吹醒，把Tawo王子進入迷糊狀態，Siro睜開眼睛，看見Tawo王子坐在旁邊，「王子。」Siro輕聲叫了。Tawo王子揉揉惺忪的眼，看著Siro，「你醒了。」Tawo王子笑著說。「王子，怎麼會在這？」Siro說。「聽說你失蹤了，所以我就出來了。」Tawo王子說。Siro將斜躺的身子坐直了靠在大樹根上，Siro看著大樹，又看看四周的草木叢，Siro仰著頭看著大樹幹，筆直入天空，枝葉彷彿在向Siro打招呼。Siro把自己剛才在大樹下作的夢境都告訴Tawo王子，那個夢境看起來很真實，Tawo王子也很訝異Siro會有這樣的夢境出現，「大地之王是誰？」Siro說。Tawo王子把近些日子忙碌的事情告訴Siro，「強大歷久不衰的國家。」Siro說。Tawo王子握著Siro的手說：「所以天神指定了你，你對我很重要。」Tawo王子和Siro兩個人起身，從森林裡走回家，大樹笑了，人形草、人形樹、人形蟲……，都笑了，大樹說：「我的任務完成了。」人形草和人形樹高興地擺動著。

滾動的河水漂浮著船隻，Anui看著腳下的礁石，泛紅、泛綠、泛黃的色彩交織著一幅美麗的圖畫，仰望著天空，朵朵白雲正傳達著天象的訊息，Anui猜不透雲層的符號，一陣風從河面上吹來，驚慌地船隻被吹翻了，「好大的一陣風。」Anui感嘆地說，河面上的村民紛紛上岸避難，Anui看著靠岸的村民，「海上有怪物出現了？」「是喔。」「剛才那陣風聽說是怪物從海上發出的怒吼。」村民一句又一句的說著引發了Anui的好奇，向前詢問著，Anui一個人在河岸邊思索著，沿著河岸小路往海的方向走，這荒草坡上的雜草突然變多了，團團將Anui圍住，Anui一時之間被困住了，急於找出口卻絆倒，當Anui想再度起身的時候，猛烈的陽光狠狠地灑在草堆裡，Anui昏倒了，眼皮沉沉的睡去。人形草帶來許多同伴圍著Anui，在人形草的歡樂歌聲中，一個美麗少女出現了，這個美麗少女阻止了人形草的嬉鬧，在美麗少女的身旁出現一個婦人，Anui看著這些人，不斷地在心底發問，終於脫口說出：「你們是誰？」「人形草。」少女說。「穿過這裡，沒有人可以活著回去。」婦人說。「啊！」Anui驚了一下。「不過，大地之王需要你，所以人形草就會放過你。」婦人說。「大地之王？」Anui不解地說。「很快就會有人找到你。」婦人說。少女和人形草一起圍著Anui，婦人雙手一揮，Anui再度昏厥過去了。「這裡有人。」路過的村民說。「被太陽曬昏了。」另一村民說。村民合力將Anui抬回家。在等待村醫檢查完身體之後，確定沒事，Gali王子放下了一顆心，盯著Anui，想著Anui為了村裡的是事大概累翻了，否則又怎會在太陽底下昏倒，「醒了。」有人說。Gali王子看著Anui，Anui勉強張開眼睛看著大家，看著Gali王子的時候想說話，被Gali王子制止

了，「什麼都別說，你現在需要休息。」Gali王子說。Anui看著Gali王子，「我有件事要跟王子單獨說。」Gali王子想了又想之後，示意其他人先出去，「你們可以先回去了。」Gali王子說。看著屋內的人都走出去了，Gali王子才開口對Anui說：「什麼事，這麼慎重。」Anui看著Gali王子，又低著頭，又轉頭，「到底什麼事？」Gali王子說。Anui把自己在荒草坡裡作的那場夢都告訴Gali王子，「大地之王是什麼？」Amui說。Gali王子很訝異Anui會做這樣的夢，當Gali王子猶豫的同時，決定告訴Anui這些日子他煩心的事，Anui聽了更訝異，「村落共主？」Anui說。「是的，大地之王就是村落共主，一個可以繁盛千年的國家。」Gali王子說。Anui不斷地看著Gali王子，「那是王子嗎？」Anui說。「不，是Aslamie王子。」Gali王子說。「Dorida村的王子。」Anui說。「先前Asilao王子有跟我提到，只是我不太相信，不過現在連你也有作此夢境，不相信也難。」Gali王子說。「Gomach村的Asilao王子最先知道村落共主？會不會跟他消失在海岸平原那段日子有關？」Anui說。「也許吧，就像我被海怪抓去那樣。」Gali王子說。Anui看著Gali王子，Anui身上的傷仍然疼痛著，Gali王子要如何協助Aslamie王子建立王國呢？

站在海岸平原望著一片無際的草原，沿著草原就是生活的泉源，幾隻小鹿在覓食，幾隻飛鳥空中亂竄，Tarabate一個人在原野上追逐獵物，狂奔數刻鐘，Tarabate遇見了同樣追逐獵物的Taro，Taro看見了Tarabate，「想不到這麼清閒，在這遇見你。」Taro笑著說。Tarabate笑笑沒有說話，從海裡拂過來的風吹著他們，突然見到幾個村民喘呼呼地跑過來，「什麼事？」Tarabate對村民說。村民喘口氣說：「有海怪。」Taro看了Tarabate一眼，村民快速跑回家，陸陸續續聽到回來的村民都說看見了海怪，Tarabate看了四周，然後對Taro說：「你回去告訴Asilao王子。」「那你呢？」Taro說。「我先過去看看。」Tarabate說。「這不好吧？Asilao王子不會同意的。」Taro說。「沒時間了，快去通知Asilao王子。」Tarabate說完，就一個人說過草原到海邊去了，Taro看著他的背影，只好一個人回頭找Asilao王子幫忙了。Tarabate走在草原上，拂風而過的草原有一股清香的味道，這片草原聞起來很舒服，這片草原的氣息有迷人的香氣和令人窒息的氣息，Tarabate在草原上慢慢昏倒了。這片草原的草越來越大株了，比人還要高大幾十倍，Tarabate看著數倍大的草瞬間變成人形草模樣，舉起巨大的手招呼著Tarabate，Tarabate嚇著了，「你是誰？」Tarabate說。「我是未來的人類。」巨大人形草說。「未來的人類？」Tarabate說。「在這裡以後會變成一個國家，而且也會出現像我這麼大的人。」巨大人形草說。「像你這麼大的人是七呎高嗎？」Taeabate說。「哈，哈。巨大人形草大笑一聲。「笑什麼？」Tarabate說。「在這裡以後會更繁榮，更強大，大地之王需要你。」巨大人形草說。「大地之王？」Tarabate說。Tarabate看著巨大人形草，想對牠一箭射過去卻射不出箭，「小子，不是天神要留住你，你還真逃不過我的手掌，把箭收起來。」巨大人形草說。巨大人形草看著Tarabate收起弓箭，一個手掌揮過去，引起一陣風，Tarabate昏倒過去。

落日漸漸在海上浮現，夜色也暗下來，Tarabate慢慢張開眼睛，想起自己要去看海怪，於是慢慢起身，當他站穩腳步，天色暗了，才驚覺自己在草原上昏睡過去，看著四周的草叢，心裡浮現：巨大人形草。Tarabte笑笑地離開了，看見Asilao王子走過來，「沒事吧。」Asilao王子說。Tarabate看了自己，「沒事。」Tarabate說。Asilao王子和Tarabate兩個人互望一眼，笑了起來，當回到村裡，Asilao王子依然在屋內忙碌著，Tarabate從屋外應聲，Asilao王子讓他進來，Asilao王子很高興Tarabate能來找他，「你能來，算是替我負了一半責任。」Asilao王子說。Tarabate看著Asilao王子，想說又說不出，Asilao王子看著他的舉動，「說吧，有什麼事？」Asilao王子說。Tarabate猶豫了很久才說出自己在草原上作夢的的夢境，「大地之王究竟是什麼？」Tarabate說。Asilao王子不明白Tarabate為什麼會作這樣的夢，在Asilao王子心裡直覺這是天神的安排，於是告訴Tarabate這些日子自己在忙的事情就跟大地之王有關，村落王國的共主，Tarabate聽了有些意外，Asilao王子要力拱Aslamie王子為村落共主，「王子。」Tarabate說。「我知道你要說什麼？這時候我更需要你，就像巨大人形草說大地之王需要你。」Asilao王子說。Tarabate沉默沒有多說一句，Asilao王子握著他的手，看著他，兩個人目光交流，似乎明白了一切，「你也該休息了。」Asilao王子說。Tarabate離開屋子回到住所去。

站在Dorida山眺望Tavocol村的河口和Dosach村的大湖以及Tomel村和Abouan村的大河流，在Dosach村緊緊連接著Gomach

村的大海，要怎樣才能讓這裡的村民獲得一個安居樂業的好家園，從Tomel村到Bodor村是一片美麗海岸的珊瑚礁岩，可以汲取海洋所有的資源，讓村民不僅捕魚還可以欣賞珊瑚海，這美麗的珊瑚海在天空的亮麗雲彩反射下如山頂燒紅的太陽光一般亮麗。Aslamie王子一個靜靜地看著，靜靜地想著，珊瑚海的美和Dorida山的靚，不知不覺的嘆了一口氣。Tull來到他身邊，「在想什麼？」Tull說。Aslamie王子沒有說話，只靜靜地看了Tull一眼，「大祭司那裏怎麼說？」Tull說。「我也正在等大祭司的回應。」Aslamie王子說。「會不會大祭司認為這方法行不通？」Tull說。「不知道，這也是我擔心的地方。」Aslamie王子說。Tull沒有在接話下去，兩個人靜靜地看著山下，「聯村聯婚慶典？真的是打破以往的慣例。」Tull說。「真的？」Aslamie王子說。「就為了讓村落王國能夠呈現。」Tull說。「唯有這樣才能互助並能夠完成王國夢想。」Aslamie王子說。當Tull想接著說，卻看見巡守隊少年來了，「王子，大祭司找你。」巡守隊少年說。Aslamie王子看見大祭司，大祭司和Aslamie王子行個禮，「王子的計劃，天神准了。」大祭司說。「嗯。」Aslamie王子說。「不過我希望王子再發函請各村落的大祭司在卜祭一次。」大祭司說。「為什麼還需要別的大祭司卜祭一次？」Tull說。「我明白大祭司的意思，我會照做的。」Aslamie王子說。Tull，Aslamie王子兩個人隨大祭司下山，「Tull，大祭司要各村落更加信任，所以才會要求取得其他村落大祭司的信任。」Aslamie王子說。「那麼說只要各村落的大祭司說沒問題，那聯婚慶典就沒問題

了。」Tull說。Aslamie王子和大祭司都笑了，這一笑Dorida山就發出亮麗的光芒。

經過漫漫長日，終於底定了慶典的日子，各個村落少男少女的喜悅更顯得行露於色，村民為了結婚大典忙得更不可言喻，村內熱鬧的前所未有的高漲，從各村落往來的市集耳聞之中，村民也開始深信Dorida村的Alamie王子真的是天神指定的大地之王，距上次祭天神之後，村落又再度熱鬧起來，舢舨船來回在大湖，往返在大湖與大海之間，舢舨船穿梭在河流之中，山坡上綻放的花朵就像陽光照射在海上的亮光，燦爛地迎接每一個日子。紡著紗，編織著美麗的頭環、腰還和蒸煮著各式的食物，追著鹿，追著兔，追著光，在山野菁草的環繞下，整個山頭突然亮了起來，水流不再輕吟是一種澎湃，水流不再低吟和大海一起高歌，盡情享受著美麗的山坡野食。來來往往的笑聲迴盪在山谷和溪流之中，在河灘上採集著薯根，竹籃裡裝滿了各式的菜葉，Moi的竹籃裡是滿滿的藥草，Daha看著她的竹籃，「都滿出來了。」Daha說。「這些都是給你補身子用的。」Moi說。「給我？」Daha有點迷惑地說。「這竹籃裡可是你和肚子裡寶寶的喔。」Moi說。Daha聽Moi這麼一說反而有些不好意思了，Daha也笑了，「對，笑得好，以後寶寶才會長得好。」Moi笑著對她說。就在兩個人嘻笑歡愉的時候，Amui王子和Pahar走過來了，Moi停止了笑聲，「怎麼？看到我來就不笑了。」Amui王子說。Moi看著Daha沒有說話，「說吧！有什麼好笑的，讓我也一起分享。」Amui王子說。「哪有什麼事？」Daha說。Amui王子看著Daha隆起的肚子，握起她的手說：「妳還好吧，寶寶有沒有煩妳？」Daha微微笑著，「寶寶只想說Tama（註：父親的意思）怎麼不來看我？」Moi說。Amui王子笑了，「Tama很忙啊！」Amui王子摸著Daha的肚子說。「看來也該給Moi找個好人家了。」Daha說。Amui王子看著Daha又看看Moi，「我才不嫁呢。」Moi扭了身子說。「妳啊，再煩啦！別說Daha，連我也想找個人來管妳。」Amui王子說。Moi嘟著小嘴沒說話，惹得Amui王子和Daha都笑了，「最近不是有聯村聯婚慶典嗎？」Daha說。「是啊，剛才走過來有看到很多成雙成對的少男少女正在為自己的大喜而忙著呢。」Amui王子說。「Pahar有意中人嗎？」Daha說。「怎麼？」Amui王子看著Daha說。Pahar看著Moi，Pahar看著Moi，「難道妳想讓他們。」Amui王子說。Daha點點頭示意著。「我們該走了。」Amui王子環顧四周說。Pahar聽到這句話也立刻有了回應，「Pahar，你留下陪著Moi，我跟Daha有事要說。」Amui王子說。並示意Pahar。看著Amui王子和Daha離去，留下Moi和Pahar兩個人，Moi很不自在，在Moi心裡對Abuk王子早有感覺，現在面對Pahar也不知如何是好。Pahar為了不辜負Amui王子的美意，主動向Moi示好，兩個人在河灘附近閒逛並欣賞河灘風景，只是Pahar的好卻不及Abuk王子，儘管如此也一起過了一天。市集裡充滿了各式貨物，自從河怪一戰Siro對Mahario新生好感，因此兩個人常常不約而同的一起打獵，受傷了，Mahario還會替Siro敷藥，因此兩個人的情愫日漸增加，這次Siro沒有錯過和Mahario共同過一生的機會，然而，Ama和Tawo王子此次舉行大婚。Tawo王子和Ama在市集裡逛

著，走著，走著，走著來到了大湖邊，大湖的另一邊Abok正在駕著舢舨船過來，看見Ama和Tawo王子正開心的笑著，Ama的笑讓Abok心碎又疼惜，看著Ama如此幸福，Abok只能默默退出，當Abok轉頭想離去，Tawo王子叫住了他，Abok勉強再回頭，Tawo王子告訴他自己和Ama大婚的事，Ama羞怯地看著Abok，因為Abok讓Ama初嘗愛情的滋味，Abok向Tawo王子道賀並允諾參加婚禮，讓Ama放下了心。

海岸邊飄著一股濃濃的海水味，Akin駕著舢舨船，和Anui在大海裡奔馳，追逐海浪的感覺如飄逸的神仙，在海岸看見了Hoha，Anui靠了岸，Hoha的清新氣質如海底的珊瑚一般出色，Anui除了在村裡帶著巡守隊巡邏著，也常常在海邊巡邏，就這樣意外認識了Hoha，兩個人也允諾此次完婚。Akin一個人繼續駕著舢舨船向Hoha和Anui揮手並笑著看著他們，Hoha也對Akin揮手，Anui搭著Hoha的肩坐在岩石上看著大海，吹著涼爽的海風。從海岸礁岩上吹著涼風，舢舨船也不停的穿梭著，海岸草原更掀起一片草浪，在草原之中發現了Api和Asilao王子兩個人的足跡，「想不到你幫了Aslamie王子的忙。」Api說。「什麼？」Asilao王子驚呀地看著Api說。「繼上次祭天神慶典熱鬧之後，這次村落又再度活絡起來，村民很高興。」Api說。「我只知道什麼時候跟自己喜歡的人在一起。」Asilao王子說。Api沒有說話，Asilao王子握著她的手說：「沒想到你會答應我，跟我在一起會很辛苦的，因為我是王子。」「因為你是王子不能天天守護我。」Api說。風吹過Api和Asilao王子之間，「我知道，Daha和Amui王子的事讓我更明白了，放心，我會體諒的。」Api說。「謝謝。」Asilao王子將Api擁在懷裡，任憑草浪一波又一波地吹過。

一連串的高歌熱舞之後接著就舉杯同歡，在Dorida山的森林光芒四射，四處都有村民的歡樂足跡，在Dorida村的市集裡，Aslamie王子用木碗裝滿米酒，一起和村民大肆的喝了起來，慶祝Tull和Smigal的婚宴，從此Bodor村和Dorida村更緊密的結合在一起，Abuk王子和Amatat結為連理，Tarabate和Tabawan締結鳳凰，Aslamie王子自己則和Aubun共築愛巢，Dorida村、Bodor村，Assocq村更緊接連在一起，市集裡各種花環頭飾盡出，熱鬧的氣氛衝高了天上去了，大夥坐在營火旁高歌飲酒，舞動海洋般的舞動身子，家家戶戶更端出傳家老酒和食物，銀杯、銀匙、銀製盤子，這些都是有錢的商人家的器皿，一般家用戶還是木勺、木盆、木碗，Aslamie王了為了親民，特別選用木碗象徵自己和大家一樣，沒有什麼不同。Moi一個人來到Dorida村看著Tavocol村的市集熱鬧非凡，Abuk王子也在今天完婚大典，心想該去祝福呢？還是回家好？Moi一個人穿過竹橋，站在竹橋上看著河水，Rakusal走過來，Moi看著他的裝扮似乎有了喜氣之事，「今天不一樣喔。」Moi說。「是啊，今天我姊Mahario和Siro完婚大日，當然高興。」Rakusal笑著說。「Siro不是Paris村？Tawo王子的最佳助手。」Moi說。「是啊，我要走了。」Rakusal說完，就離開竹橋。望著Rakusal的背影，Moi想著Abuk王子又想著Pahar，心裡突然矛盾起來。Daha從遠處看著她，Moi原來心有所屬了，怪自己沒早發現，Daha靠近竹橋，Moi轉頭看她一眼，「怎麼？在想

心上人？」Daha說。「哪有，只想在這裡吹吹風而已。」Moi說。「看得出來你對Dorida村和Tavocol村很著迷喔。」Daha說。「不要胡說。」Moi說。「妳有這樣想法也是好的，在大山崩塌的時候Abuk王子曾經挺身關心，不過很多事都會改變的。」Daha說。「Abuk王子都大婚了，還能想什麼。」Moi說。「還說呢，不打自招喔。」Daha笑著說。Moi發現Daha看穿了，嘟著嘴，不說話了。「好了，Pahar怎麼樣？Amui王子的好朋友，以後我們也可以天天在一起。」Daha說。Moi看著河面，吹著風，Moi自己也不知道是不是真的喜歡Pahar，想著，想著，一片樹葉吹落下來，掉在河面上，「起風了。」Moi說。「回去吧。」Daha說。Moi和Daha從竹橋走回村落，落葉仍然在河面上駐留不前。

整座山徘徊著巡守隊少年，在各個村落四周架設著高台，高台都派人站崗駐守，這是Aslamie王子成為村落王國的第一步，加強每一位村民都是戰鬥勇士來保衛自己的家園，Aslamie王子來到Abouan村的大山，這裡風景奇特怡人，物產很多，也可以製造很多石器工具，因此鼓勵Abouan村的村民把石製器具賣給其他村落可以獲得更多資源，Tawo王子知道在Abouan村的大山曾因土石巨大崩塌，如今村民心中的恐懼也漸漸減少了許多，在Aslamie王子的規劃下，Tawo王子也逐漸繁榮Paris村。Aslamie王子離開Abouan村，順著河流，順著荒野山坡，來到Tomel村，Aslamie王子和Gali王子在市集裡相談甚歡，Tomel村的海岸草原不亞於Gomach村，這裡的草原有一種特別的草，可以用來編織各種袋子，籃子等工作器具，

Aslamie王子也鼓勵Gali王子讓村民習得編織技藝，然後和各村落交易各種資源，Gali王子點頭表示贊同。此時巡守隊少年手拿一面旗幟走過來，「什麼事？」Gali王子說。巡守隊看著Gali王子和Aslamie王子，「這是Aslamie王子，不用怕。」Gali王子說。「啊，是Camacht王。」巡守隊少年說。Aslamie王子和Gali王子驚呀了一下，「這是大祭司要我拿給王子的。」巡守隊少年說。一個形狀似太陽的符號，又四個村落的圖騰，Gali王子看著大祭司的竹簡說：「這是王國的旗幟，Camacht，大地之子，太陽神之子守護著大地。」「咦？」Aslamie王子輕嘆一句。Gali王子把大祭司的竹簡拿給Aslamie王子，Aslamie王子看完之後，沒有說話，「Camacht，好名字。」Aslamie王子許久才說出這句話。「以後大家就是Camacht的子民，不分村落，各村落的生活緊緊在一起。」Gali王子說。Tomel村的市集有忙碌的村民熱絡了波紋點點的海岸。原來在聯村慶典的時候，各村落的大祭司分別召開祭司會議，將村落王國整合後統一一個名稱，向天神祈求，因此得到Camacht這個名字，大祭司會議就將村落王國稱為Camacht。

自從Camacht王國成立以來，在Tavocol村、在Gomach村，在Dorida村，在Dosach村，在Abouan村，在Tomel村都飄揚著Camacht的旗幟，有的時候從Tavocol村遠征到南方的Gielim村，企圖帶著Camacht國王的訊息給他們，希望Gielim村一帶的村落也能夠一起加入Camacht王國，讓村落更活絡起來，於是Kakar村山下的村落Assocq沿著草原向外擴張至海岸礁岩的村落，都被Camacht王歸順了，Gielim村成了Camacht王國的

巡守隊駐守最遠的地方。Aslamie王子帶著妻子和幾名巡守隊親自拜訪Gielim村，親自為村民加油打氣，安定生活，往後Dorida村和Gomach村都可以和Gielim村交易，活絡市集的繁榮，因為大地之王是愛護所有土地村落的王，Camacht這個名詞將永遠流傳於後世。

第四部

海上風雲

話說天神賜予Camacht王國美麗的山林，充沛的河流，豐富的海洋，秀麗的湖水，舢板船和獨木舟在湖與海之間流連在河流中，射獵的高手穿梭在山林之中，狂奔的腳步有如野豹的迅速，瞬間的消失在雲霧之中。這就是生存了四千餘年的Camacht王國，Camacht的子民生活富庶和滿足從那臉上散發出洋溢的幸福和喜悅而知，燦爛的陽光依舊從山頂上浮出，從海面上落下，那染紅的雲層忽而白、忽而黃、忽而藍、忽而紫、忽而紅的暈光，假使山坡上曾經留下一片燦爛的花朵，想必是和大海上曼妙的珊瑚共同搖曳著，泛著人們的笑容在湖面上，河流上，伴著清脆的鳥鳴聲，悅耳的歌聲，許多來自不由衷的祝福，祝福著Camacht王國的子民永遠、永遠長存下去，Camacht王國的子民永遠享受這天神賜的淨土和樂園。

美麗的夢境是特別容易碎，北方大海上傳來許多在Tomel村村民發現的不明船隻，遠遠地超過村民的想像，在接近大河旁的Gielim村發現了外海上來往著不同的船隻和人群，Camacht王經過祖靈的召喚得知這條大河流旁的Gielim村的外海即將發生災難，不同於村民的舢舨船在大海上活動，Gielim村在大河流那邊有來往的船隻在大海上交易，同時看見Tomel村北方的大海上和Gielim村一樣有不一樣的船隻，身為Camacht的子民都希望Camacht的每一個村落都能平安無事和幸福的過生活，於是Tomel村的村民發現北方大海上的船隻有的來自海上有的來自Tannatanangh村周邊的大山，在Tannatanangh村外的大海果真看見了不一樣的船隻在走動，紮著旗幟和綁著線索的船隻，在船上還有許多身上帶著像村民帶的獵刀和槍的人正在海上張望，村民離開Tannatanangh村的海岸，無暇欣賞海岸風景的亮麗，急忙回到Tomel村，在市集裡將這段奇遇傳了開來，不僅如此，Gomach村的村民也曾經在大海上看見這樣的船隻越過了海流防線，一路向南方大海前去，很多，很多從北方大海向南方大海通過海流防線的船隻經過了這裡，在海上的生活顯然被霸佔了，被奪取了。村民對生活開始感到害怕起來，這股害怕讓Anui王子帶著幾名巡守隊勇士從Tomel村落Gomach村和Taro王子見面，在Gomach村整個海岸礁岩瑰麗粉亮的海面聚集了不少舢舨船，這些舢舨船的村民把自己在大海上所遇見的事都告訴Taro王子，Taro王子想起了先祖也曾經在海上遇到過這樣的事，Camacht的生活領域裡一直都不容有外來的船隻入侵來破壞村民的生活，這是天神給大地之王的責任也是村落王子的重擔，這些重擔四千年以來都沒有改變過，Taro王子用瓢碗裝酒向村民致意，「大家都能安全歸來算是慶幸，喝吧！」Taro王子說。村民和Taro王子喝完了酒準備一起回市集，此時，巡守隊勇士走過來，「王子，Tomel村的Anui王子要見你。」巡守隊勇士說。「嗯，走吧。」Taro王子帶著大家回村落市集。Anui王子在集會所等待Taro王子的到來，簡略的從大祭司口中得知Taro王子也正為了大海上不明船隻而煩惱，Anui王子就是為了這個而來的，Taro王子來到集會所，兩個人正為了海岸礁岩外海所引發的私掠船風暴苦思著，「我想該通知Camacht王召開村落會議共商大計的時候了。」Taro王子說。「你也這麼認為。」Anui王子說。「只是Bodor村和Tavocol村的村民不知道有沒有注意到這現象？」Taro王子說。

「如果有，應該也會發出聯村緊急會議。」Anui王子說。「好吧，我們來發聯村緊急會議，說明這件事。」Taro說。大祭司開始搖頭，一場腥風血雨將爆發。

站在海岸平原吹著草園的香氣使人整個都清爽起來，在海岸鹽田曬著蒸煮的魚、薯泥塊根全被放在一簍一簍的竹籃裡，準備在市集裡交易其他生活需求，Amo王子吹著風，幾名巡守隊勇士穿過草原道路，Amo王子看見了他們，自先祖以前就致力保護這塊海岸礁岩，如今，除了嗅著草原的氣息還多了一股血腥的味道。從海上回來的舢舨船都在岸上擱淺，村民徒步越過草原和山坡與南方來的Gielim村民互換交流訊息，從在海的遠方有一處小島，在那座小島上有很多形狀又奇怪的船隻，船上的人帶刀帶槍，還戴著奇怪的帽子，這些船隻有的從北方大海下來；也有的從南方大海上來，是海流，他們在海流中沉船而亡。Amo王子正準備回頭走回村子時看見Hoha站在前方的草田裡，Amo王子向Hoha走近，「怎麼一個人在這裡？」Amo王子說。「我在市集找不到你，猜想你一定在這。」Hoha說。「有什麼事嗎？」Amo王子說。「剛接到Gomach村的Taro王子發出的聯村緊急會議書簡，是又發生什麼事了？」Hoha王子說。「先祖的預言要實現了。」Amo王子說。「先祖的預言，你是說這海上即將發生戰事？」Haha說。「嗯。」Amo王子輕回一句。Amo王子將Hoha摟在懷裡。Tavocol村的市集和Asscoq村的市集一樣熱鬧喧騰，形同一個村落，往來在Bodor村和Dorida村之間，從大河延伸下來的這條河一直佈滿著充沛的魚蝦和貝藻，大海邊灌進了豐富的養份，養足了這條河，Amo王子在市集裡找尋先祖的足跡，要如何維持這個繁榮，Amo王子在河邊吹著風，看著山林野麓的美景，雨滴開始落下。風搖動樹影，吹著雨滴，穿過了河流，來到了Dorida村的市集，Dorida村仰賴著大湖和Kakar山和Dorida山的環繞，位於各村落中心且是各方村落的交易中心，在這裡也成了最大的市集交易中心，Apo王子在集會所和各村落的大祭司以及王子們商談議事，巡守隊少年從集會所外要求見面，Apo王子看了巡守隊少年，少年將Taro王子的書簡給他，「緊急會議？」Apo王子驚呀地說。Apo王子示意大祭司要準備好這次的聯村會議，身為村落共主有義務保護大家的安全。大祭司和各村落王子向Apo王子道別後離開集會所，Apo王子承接先祖的重任，不知能不能安然的挺過去，這也是Apo王子對自己最感到虛弱的地方，不自覺地嘆了氣，Smigal走進來看見此景，Smigal向他靠近，「嘆什麼氣？」Smigal說。Apo王子看著Smigal，默默地擁著Smigal沒有說話，「我好擔心也害怕能不能守住先祖留下來的家園，Smigal感覺到他的害怕，緊緊地抱著他，Apo王子內心裡的掙扎多過屋外吹落的樹葉。環繞著大湖的Dosach村，怡然自得的地方享受著珊瑚美景，Abok王子和Daha兩個人乘船越過大湖在沙灘上順著河流散步，這一切都是先祖保留的河川家園，Abok王子嘆了一口氣，來來往往的舢舨船呈現著過去四千年以來大地之王的保護下生活，Abok王子走在草澤地時，準備越過河，看見Siro王子和Saiyun兩個人搭著船過來，兩個人在河口下了船，Siro王子和Abok王子打個招呼，Daha和Saiyun也行見面禮，「是不是收到緊急會議書簡。」Abok王子先說了。

「嗯，想必你也收到了。」Siro王子說。「這回又不知會發生什麼事？」Abok王子說。「是啊，正當各村落感覺太平盛世的時候，突然之間又會發生什麼事？」Siro王子說。「大地也好久沒震動了，湖怪和河怪也沒有出現了。」Abok王子說。「我想不是大湖的事，應該是大海發生事情了。」Daha說。「大海？」Saiyun驚呀地說。「看過先祖的書，應該也知道北方大海很早就不安定了，只是海神施了咒語而已。」Daha說。「莫非海神被破了咒語？」Siro王子說。大夥沉靜了一會，沒有說話，「或許有可能的事。」Abok王子突然說出這句話。四個人相望無言，大山和湖被風掀起了草浪和水紋，緊緊依靠在湖邊的草澤地裡和大地又更貼近了。

在河流旁聽著水流聲；在山林中聽著豹、羌的嘶吼聲，在海岸邊聆聽著鯨魚的拍打聲，Siro王子和Abok王子以及Anui王子偕同Taro王子在Camacht的村落集會所內召開會議，大祭司們各駐守在各村落的祭司府，巡守隊勇士不斷地穿梭在村落崗哨和市集，村民害怕再也不能到海岸邊去捕魚了，舢舨船在看得見的海岸線外的海水不斷地從海底滾動且海水不斷地使船隻觸礁，漂流在海上的浮木也越來越多，被海底的岩石割破的屍體也越來越多，這些都是從哪裡來的？村民越來越迷惑。由Taro王子提出的聯村緊急會議，有了初步共識，Apo王子希望仿效先祖祭海神慶典儀式，讓大祭司慰告海神，村落的危機也是轉機，為了讓村民安心，祭海神慶典，仿照祭天神儀式，連續十天的活動，並選出優秀勇士於慶典結束後隨著各村落王子到大海上觀戰與參戰。緊急會議之後，村民得知又要舉行慶典，這次是祭海神，平息大海之亂，家家戶戶又開始爭相走告的活絡起來，在廣大的草原裡充滿著香氣和山羌與群鹿在山林之中奔跑，海鳥、飛鷹在海上飛奔，山坡上的群花四射猶如天空裡浮現的雲彩，如黃、如藍、如金色、泛紅、泛白、泛橙，交織著天空地上的彩色世界，聽著清脆的鳥鳴聲從竹林裡傳來，水中的蛙鳴聲正在呼朋引伴的聚集在草澤地中，這就是整個Camacht居民的寫照。要舉行慶典了，村民忙著準備慶典食物，魚、肉、酒、米以及慶典衣飾，豪華不庸俗，簡單不複雜，從頭冠上的羽毛和精緻的配飾，少男少女們情愫初開的歌聲和笛聲綻放在整個村落。舢舨船來回不斷地在河流上、大湖、大海中作一個完美的演出，結束一天的美好時光。澄清的天空，烏黑亮麗，沒有星光的夜晚使Tomel村和Gomach村的村民看見海上的天空發出閃閃亮光，是海神發出的怒吼嗎？海神發出怒吼和這些海上的亮光在夜晚特別明顯，Anui王子和Siro王子為了村民安全，加強了夜晚村落的防守，從Abouan村以及Dosach村和Dorida村調來支援的巡守隊維護著海上安全。Apo王子一個人在屋內想著事情，反覆想著要如何避開這一場災難，Smigal走進屋內，「怎麼了？」Smigal說。Apo王子看著Smigal，他知道此刻無法滿足smigal的需要，他必須考慮到Camacht所有的村民的安危。Smigal靠著Apo王子，沒有說話，Apo王子摟著她。屋外的樹影搖動著河水，流動著浮動的人心，挑動了所有決心。

Camacht王國又平安地度過了這個災難，幸福的過著生活，那個天神意旨的時代裡，山河變動，大地震動，引起巨大

海浪的吞蝕家園，如今山河好像有了異樣，大祭司說天神又將預言了一場不幸的災難事件。這個災難就是Camacht的居民在這一次各村落張燈結綵的舉行慶典活動中的村民不醉不歸下的吟唱高歌開始，許多舢舨船從Gomach村出發到近海與Gielim村出發的舢舨船會合時，一個特別的現象發生在村民的眼前。海上有一艘掛著符號字樣的旗幟，在Gielim村外海的島嶼匆匆而過，這個屬名陳祖義的船隻為了躲過明朝的追逐，快速擺動船隻一路由北方大海到南方大海去，村民的舢舨船在海面上日夜搜巡著海上的動靜，來自Gielim村民的回報，這些是海盜船，一直開往更南方的島嶼上定居，就這樣Gomach村民和Gielim村民在整個海上的目睹過程全都傳遍了Camacht王國，各村落王子準備迎接這海上嬌客，保護村民，守護家園。根據村民的海上探險，這一群海盜在海上爭奪了很久，Salack村民和Gomach村民在每年的祭典上都會祈求海神護佑村民出海順利平安，Taro王子在大祭司的引領下在海岸平原設祭壇祭海神，大祭司對Taro王子說：「王子，這次劫難會很久。」Taro王子頓時無言以對。仰望著天，遼望著海，海神被破了咒語，Taro王子心裡這麼想著。Anui王子為了Tomel村民祈求海神祭典不敢疏忽，只是這些來自海面上的災難，Camacht的子民要如何延續下去先祖所開創的太平盛世，是一大考驗。Gomach村民眼看著跟隨著海盜陳祖義在南方大海的搶奪有數十年之久，鄭和為了追捕陳祖義海盜，龐大的船隊迅速在Gielim村外海通過，船上的官兵每個人看起來凶神惡煞，比海盜還可怕。面對Gielim村民的舢舨船不時開砲，村民回報給Taro王子，Gielim村向

Camacht王Apo王子說明了海盜的可怕和攻擊性。Amo王子、Siro王子、Taro王子、Anui王子分乘兩艘舢舨船在外海觀海象以及海流，Apo王子深深感應到海水的波動，下令大夥回岸上，並要求村民暫停海上活動，當所有船隻集結在Gielim村的海岸邊，海上開始冒出火光，海盜打起來了，不是親眼目睹，Anui王子、Abok王子還真不敢相信這大海的風暴竟然比山崩更可怕，一個毫無防範的攻擊力正在撕裂著Camacht的子民。這群海盜的出現也挑起了往後Gielim村和海盜之間的大海戰爭，更挑起了海盜對生活在這Camacht王國的子民的好奇心。

海盜陳祖義在南方大海的島上找到一個叫渤林邦國的基地，從這個基地引來很多來自不同大海區域的海盜船往返在明朝港口想要做生意，從各方海盜船集結在渤林邦國的周邊海域和港口，西班牙人，葡萄牙人，在南方大海經過渤林邦國想和渤林邦國交易買賣，於是在渤林邦國附近的小島定居下來做為基地，海盜船在南方大海看見船隻就搶，明朝又有海禁，使得更多海上商人變成了海盜。村民的舢舨船和海上商人做生意，看見海盜載著南方大海的物資在明朝海岸邊，有時候也會搶奪海上的船隻，陳祖義在海上的氣勢越來越強大，越來越可怕，也因為如此，明朝皇帝下令要將陳祖義捉回明朝，於是派了軍艦船隊給鄭和，看著這麼龐大的船隊就這樣前往南方大海的渤林邦國了，在鄭和抵達渤林邦國的時候有些因為不滿陳祖義的行為和作風的商人起了叛心而密告鄭和，打擊陳祖義，當陳祖義一時疏忽，以為鄭和根本奈何不了他，陳祖義自大狂傲地想活捉鄭和，當他發現自己被同為渤林邦國的商人所出賣時，為

時已晚，鄭和將他數十艘船隻全數燒毀，而自己也身陷鄭和的計謀之中被抓了，陳祖義被鄭和抓了之後，還大言不慚地說：「你回不了明朝，你會死在海上。」鄭和面對陳祖義的話，笑笑地說：「真不愧是海上梟雄，面對死亡，還能如此鎮定。」鄭和看見陳祖義大笑，笑聲如雷，鄭和雖有同情，更是遺憾，此種人才，我朝若能為用方之興國，可惜，我朝棄之為梟雄，海上梟雄縱橫海上，獨霸海上，往後幾千年必為後人懷念。

幸運地，Camacht的子民又平安地度過了這個海上風暴，Camacht的共主變成了Aslamie王子，這是他的父親為了感念先祖而取的名字，Dorida村也日漸繁榮起來，Camacht的各村落也因為人口逐漸增加，村落也分散了好幾個村落。因為大湖物產豐饒，水資源不缺，流經大山的溪流每年匯集雨水流到大湖，村民對大湖仰賴也日益增加，於是Dosach村分成了Tausabato、Tausalakey、Tausamato三個分村落，Kakar村落分成了Tachabeu、Sackatey、Baroch三個村落，共同圍繞著大湖而居，Dorida村也分成Amiciem、Labat、Moto三個村落，自大湖沿著Dorida山向河口落居，這大湖充滿著人文雜薈之地，許多商業交易的重要基地，Tavocol村、Assocq村，盤據在Kakar山下和Bodor村、Salack村、Gomach村這三個村落佇立在海岸和Dorida山下成為大湖及河口的要塞。Tomel村分為Tomel村、Warrewarre村、Tannatanangh村，Abouan村分為Abouanauran村、Tarranogan村、Abouanparrs村、Varutto村等四個村落，從大山匯集雨水而流入大湖的溪流在Abouan村也相同被溪流匯集雨水注入大河。Aslamie王子、Amui王子、Tawo王子、Gali王子、Asilao王子、Abuk王子每年都會在大湖舉辦盛宴和祭典祈天神的方式祈求Camacht的子民萬世萬代享太平生活，以長跑慶典的儀式為村落遴選更多的勇士保護Camacht的領土家園，夜裡飲酒高歌，營火舞蹈的飛揚更觸動了草木，感動了山河，Camacht這個王國歷經了五千年，人民還是一樣的活潑，一樣的笑容滿面，沒有任何一位子民遭受外來的傷害和無辜的死亡，直到兩百年前陳祖義海盜在渤林邦國那一次戰役之後，許多往來在這條海上的商人經常出現更惡劣的手段，Aslamie王子告訴各村落王子，現在要對付的不是村落怪物，而是來自海上的強盜，連海神都對付不了的強盜，Aslamie王子說：「這些強盜所搭的船都帶有槍火的武器。」「是的，被打中了，沒有活命的機會。」Gali王子補充說。「所以我們也要製作武器，以前的獵刀不算，要長柄的槍，火藥。」Aslamie王子說。「火藥？」Amui王子說。「是的，在大山也有一種泥土包覆著竹筒就可以爆炸了。」Aslamie王子說。「既然這樣，也不需要等了，靠海村落製槍，靠山村落製火藥。」Tawo王子說。各村落王子互相點頭表示同意。

由於明朝中斷海盜的交易，這些海盜就轉向海面上活動，Gomach村民看見在海上有一群來自北方大海的船隻，是平戶人在北邊的大湖通過一個小島進駐從Gomach村外海時常可見平戶人和明朝商人的海盜船，有時候直接就在海上打起來，就這樣在海上纏鬥了幾十年，直到西班牙人和荷蘭人改變了葡萄牙人在明朝的商業交易。這三種船隊的海上衝突，根據Gielim村民所說有一艘明朝海盜船因為不聽從指揮而遭到殺害，被殺

害的明朝商人說是荷蘭人，又荷蘭人的物資也遭到搶奪，葡萄牙人有時候和西班牙人會聯合南方大海的海盜攻擊荷蘭人，村民聚集海邊觀望，這樣的海上戰鬥正一步一步向Camacht王國靠近，正一步一步將村民推向死亡。話說在陳祖義海盜被殲擊之後，葡萄牙人首先以佛朗機之名在明朝開設港口，做為交易商品，葡萄牙人不僅和明朝做生意，還率領商隊前往北方平戶島，和平戶人做生意，這平戶人就是明朝人所說的倭寇。所謂命運時轉，這些倭寇卻在海盜霸行的時代裡成了另一種領導霸權，葡萄牙人和平戶人的交易以澎湖做為轉衝點，在這座珊瑚礁島上成了各家海盜船的休息、交貨之地，除了葡萄牙人來明朝以外，在渤林邦國附近的小島也漸漸形成各路海上商人聚集的基地，各種海上船隻出現，英國、西班牙，荷蘭、葡萄牙的船隊在明朝交易數十年之後，西班牙與葡萄牙人和荷蘭人在海上一番激戰之後，西班牙人和荷蘭人不敵葡萄牙人，所以退守南方大海，在渤林邦國附近有個叫巴達維亞的地方做為基地，在巴達維亞的荷蘭船隊也因此奠定了攻擊明朝海盜鄭芝龍和登陸Saccam的最大堡壘。

荷蘭人積極建設巴達維亞，使巴達維亞在南方大海能夠位居第一，併吞渤林邦國是非常容易的事，西班牙人也在附近找據點擴充自己的勢力接著英國人也來了。荷蘭人率領著龐大艦隊向明朝的佛朗機，葡萄牙人的據點攻擊，開始葡萄牙人勝利，後來不敵荷蘭人的龐大支援軍隊，只好讓出一部份佛朗機給荷蘭人繼續維持三方交易貿易，和平戶商人的航線沒有因為荷蘭人而中斷。荷蘭人的野心不像葡萄牙人的野心那麼小，在巴達維亞來到明朝，船艦航行也過於冗長，於是想找更靠近佛朗機的據點，在澎湖和葡萄牙人、平戶人等船隊時常發生摩擦又加上善於挑撥的明朝商人，荷蘭人和葡萄牙人發生多次不愉快，葡萄牙人想起數十年前船隊經過的海上，有三個島，在那裏住著一群人，像是人間仙境一樣，靠著大海，倚著山林，葡萄牙人拿出地圖駕著船隊，繼續尋找這一群人居住的地方。這個消息被明朝海盜得知告訴荷蘭人，其船隊尾隨著葡萄牙人的船隊，看見平戶人的船隊也在其中，平戶人告訴葡萄牙人說：「島上野獸很多，沼澤很多，居民逐水草而居，架木條為屋，茅草為頂，喜歡打獵，捕魚，唱歌。」葡萄牙人驚呀，平戶人如此了解，原來平戶人無法在明朝海岸做生意，漂流在海上許多年，發現海上有許多大小不等的島嶼，一直延伸到平戶島，於是平戶人放心在海上與Camacht王國的居民在這些島上做生意。

荷蘭人和西班牙人在明朝發生內亂時與明朝最大的海盜集團鄭芝龍發生衝突，鄭芝龍想把佛朗機佔為己有並擴大到澎湖，將澎湖設為基地讓自己反攻明朝，荷蘭人不允許，於是發生激戰，鄭芝龍失敗，西班牙人和荷蘭人打贏這一場戰役後便開始了澎湖的海上巡役之禮，因此西班牙人發現了Camacht北方島嶼並趕走了Patito居民，建立San doming城，荷蘭人發現Camacht南方島嶼並趕走了Chaccam居民，建立Provintia城。這場世界航海艦隊船隻與明朝在海上的爭奪戰，隨著西班牙人和荷蘭人的建城，將擁有Camacht王國的土地陷入了往後近五百年來的現代歷史爭議中，不斷地討論著這個Camacht王國的大地之王的存在。

大肚王國的故事

少年文學14　PG1089

大肚王國的故事

作者／張秋鳳
責任編輯／林千惠
圖文排版／詹凱倫
封面設計／王嵩賀
出版策劃／秀威少年
製作發行／秀威資訊科技股份有限公司
114 台北市內湖區瑞光路76巷65號1樓
電話：+886-2-2796-3638
傳真：+886-2-2796-1377
服務信箱：service@showwe.com.tw
http://www.showwe.com.tw

郵政劃撥／19563868
戶名：秀威資訊科技股份有限公司
展售門市／國家書店【松江門市】
104 台北市中山區松江路209號1樓
電話：+886-2-2518-0207
傳真：+886-2-2518-0778

網路訂購／秀威網路書店：http://www.bodbooks.com.tw
國家網路書店：http://www.govbooks.com.tw
法律顧問／毛國樑　律師

總經銷／聯寶國際文化事業有限公司
221新北市汐止區康寧街169巷27號8樓
電話：+886-2-2695-4083
傳真：+886-2-2695-4087

出版日期／2013年12月　一版　**定價**／230元
ISBN／978-986-89521-9-5

國家圖書館出版品預行編目

大肚王國的故事 / 張秋鳳著. -- 一版. -- 臺北市 : 秀威少
年, 2013. 12
面；　公分
ISBN 978-986-89521-9-5 (平裝)

859.6　　　　102024476

讀者回函卡

感謝您購買本書，為提升服務品質，請填妥以下資料，將讀者回函卡直接寄回或傳真本公司，收到您的寶貴意見後，我們會收藏記錄及檢討，謝謝！

如您需要了解本公司最新出版書目、購書優惠或企劃活動，歡迎您上網查詢或下載相關資料：http:// www.showwe.com.tw

您購買的書名：________________________________

出生日期：__________年__________月__________日

學歷：□高中（含）以下　□大專　□研究所（含）以上

職業：□製造業　□金融業　□資訊業　□軍警　□傳播業　□自由業

□服務業　□公務員　□教職　□學生　□家管　□其它____

購書地點：□網路書店　□實體書店　□書展　□郵購　□贈閱　□其他

您從何得知本書的消息？

□網路書店　□實體書店　□網路搜尋　□電子報　□書訊　□雜誌

□傳播媒體　□親友推薦　□網站推薦　□部落格　□其他__________

您對本書的評價：（請填代號　1.非常滿意　2.滿意　3.尚可　4.再改進）

封面設計____　版面編排____　內容____　文／譯筆____　價格____

讀完書後您覺得：

□很有收穫　□有收穫　□收穫不多　□沒收穫

對我們的建議：________________________________

____

____

____

請貼
郵票

11466
台北市內湖區瑞光路 76 巷 65 號 1 樓
秀威資訊科技股份有限公司 收
BOD 數位出版事業部

（請沿線對折寄回，謝謝！）

姓　　名：__________ 年齡：______ 性別：□女 □男

郵遞區號：□□□□□

地　　址：____________________

聯絡電話：（日）__________ （夜）__________

E-mail：____________________